講談社選書メチエ
461
KODANSHA SENSHO MÉTIER

本居宣長『古事記伝』を読む

I

神野志隆光

本居宣長『古事記伝』を読む　Ⅰ

はじめに

「『古事記伝』を読む」という題を掲げました。『古事記伝』というテキストを読み通すということをこめたものです。

本居宣長も、かれが書いた『古事記伝』も、その名前はよく知られています。しかし、『古事記伝』全四十四巻（および付巻「三大考」）を実際に読み通した人はほとんどいません。つまみ食い的に読む人が圧倒的におおいのです。宣長を語り、論じる人はすくなくありませんが、この人たちもおなじです。『古事記伝』から、「直毘霊《なおびのみたま》」（一之巻の最後に載せられています。宣長の「古道」論のエッセンスというべきものです）や、注解のなかにあらわれる言説を取り出して思想を論じたりすることにとどまっています。自分の語ろうとする宣長を『古事記伝』のなかに見出しているといってもよいでしょう。『古事記』を論じるのに『古事記伝』を引用することもすくなくありませんが、論議にかかわる限りで、部分的な言及におわります。

『古事記伝』が、『古事記伝』として読まれていないのです。評論家であれ、研究者であれ、おなじなのですが、それは、『古事記』をきちんと読むことをしない（というより、読むことができない）ことに由来します。宣長とおなじように『古事記』と向き合うことなしにどうして『古事記伝』を読むことができるでしょうか。『古事記伝』に相対することは、思想史研究者や、文芸評論家の問題でなく、むしろ『古事記』研究者の責任ではないかと考えます。

まるごと『古事記伝』とつきあうことをこころざしたのは、『古事記伝』を読まないで宣長を論じることへの反撥もありますが、『古事記』について研究してきたものとしての責任感でもあるのです。

『古事記伝』を読むことは、宣長が、どのように「古事記」をあらわしだしてくるのかを見ることです。『古事記伝』においてたちあらわれてくる「古事記」、もっとはっきりいえば、『古事記伝』がつくりあげる「古事記」を、その現場にたって見てゆくことです。ここでは一巻ずつ取り上げて見てゆきますが、『古事記伝』の注の一々につきあって、最初から最後まで読んでゆくなかにたちあらわれてくるものを見てゆきたいと思います。

目次

凡例

『古事記伝』のテキストは筑摩書房刊行の『本居宣長全集』第九巻〜第十二巻を用い、引用のあとのカッコ（　）に全集のページ数を示します（第九巻についてはページのみ、他は巻とページ）。なお、見やすさのために、『古事記伝』の引用部分は、教科書体で示し、『古事記』本文の引用は、『古事記伝』の読みにしたがって読み下しのかたちにして枠で囲むことにしました。

『日本書紀』の引用は岩波文庫の読み下し文によります。

1、『古事記伝』二之巻——序文

二之巻からはじめること

まず二之巻から読みはじめることとします。

なぜ一之巻からはじめないのかというと、一之巻では一般的方法的な問題があつかわれるからです。目次を掲げると、

○古記典等総論
○書紀の論ひ
○旧事紀といふ書の論
○記題号の事
○諸本又注釈の事
○文体の事
○仮字の事
○訓法の事
○直毘霊《ナホビノミタマ》

となります。まさに総論です。『日本書紀』をどう見るべきか等、考え方のよくあらわれるところであり、宣長を論じる材料として取り上げやすいところです。実際そうされてきました。とりわけ「直

毘霊」は、宣長の「古道」論の凝縮されたものとして、おおくとりあげられてきました。

しかし、わたしは、『古事記』を読む現場からはじめたいと思います。総論の枠組みをさきに見て、その枠組みにあわせて注釈の実際を見てゆくというようなやりかたをしたくないのです。まず注釈の実際につきあうことにします。そして、きりのいいところ、十之巻まですすめてから一之巻にたちもどることにします。

二之巻は、序文の注釈と、系譜とからなります。

巻の大半をしめるのは系譜です。筑摩書房版全集で、二之巻の分量は五十六ページですが、系譜が三十九ページを占めるのです。

系譜といいましたが、「大御代之継継御世御世之御子等」という標題で載せられていて、その標題のとおり、神々から天皇の代々をたどり、その御子たちすべてを系図化して示すというものです。その実際がどのようなものか、次ページの図1、2に最初の部分と、天皇代の一部とを掲げておきます。○印は、正統な継承を示します。血統関係を線でつなぎ、母や「亦名」のほか、「此二柱神者並独神成坐而隠身也」のような説明的記述、氏の祖についての注記等も書き抜きます。天皇は、宮・御年・御陵も書き入れます。つまり、物語以外を一覧化したといってよいものです。要覧というべきものなのです。

要覧というのは、『古事記』を見渡すために必要な事項を書き込もうとしているからです。計数にかんする注（「——神から——神まで幷せて——はしら」というかたちで数えかたを示す注）や、氏

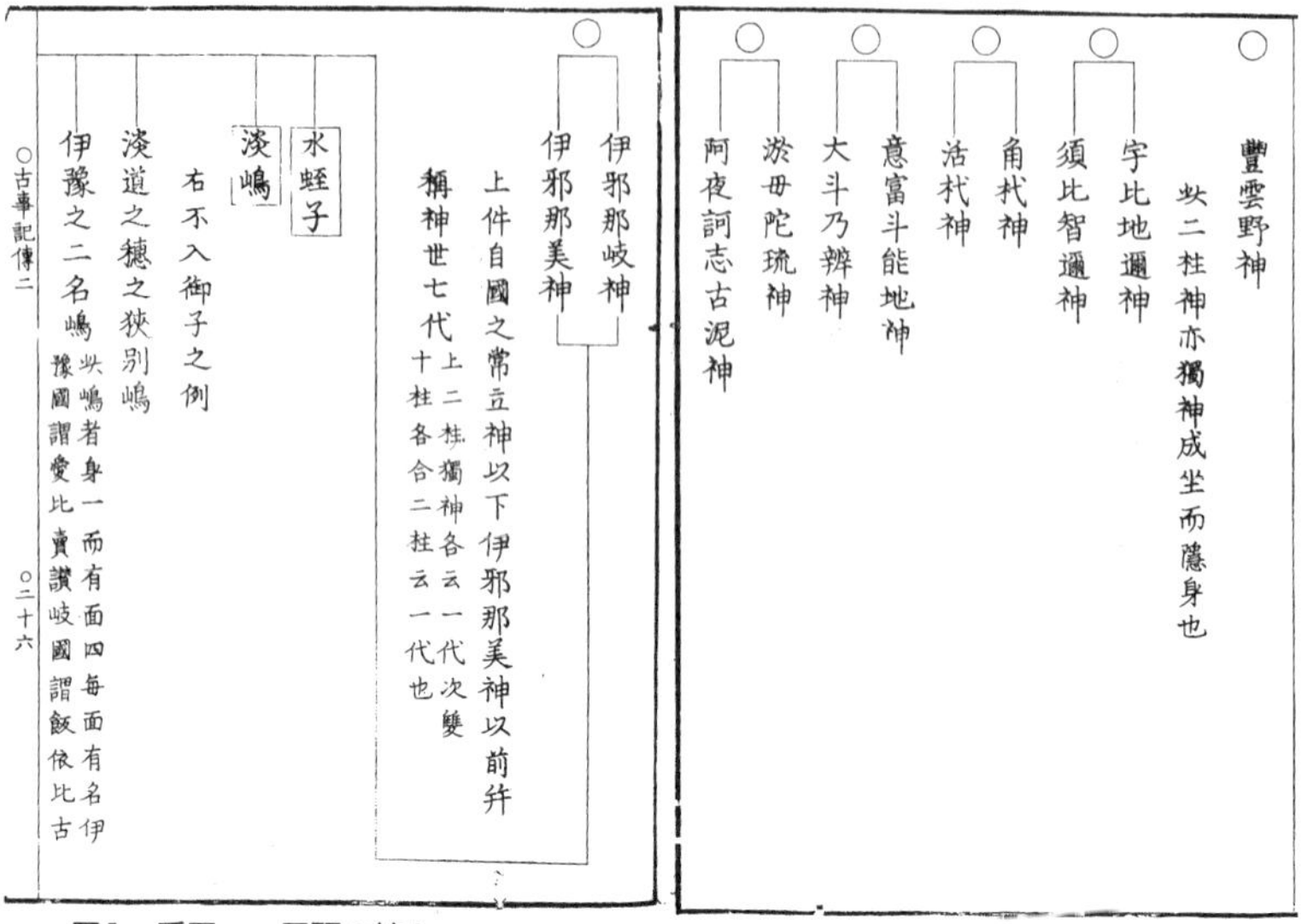

図1　系図——冒頭の神々。

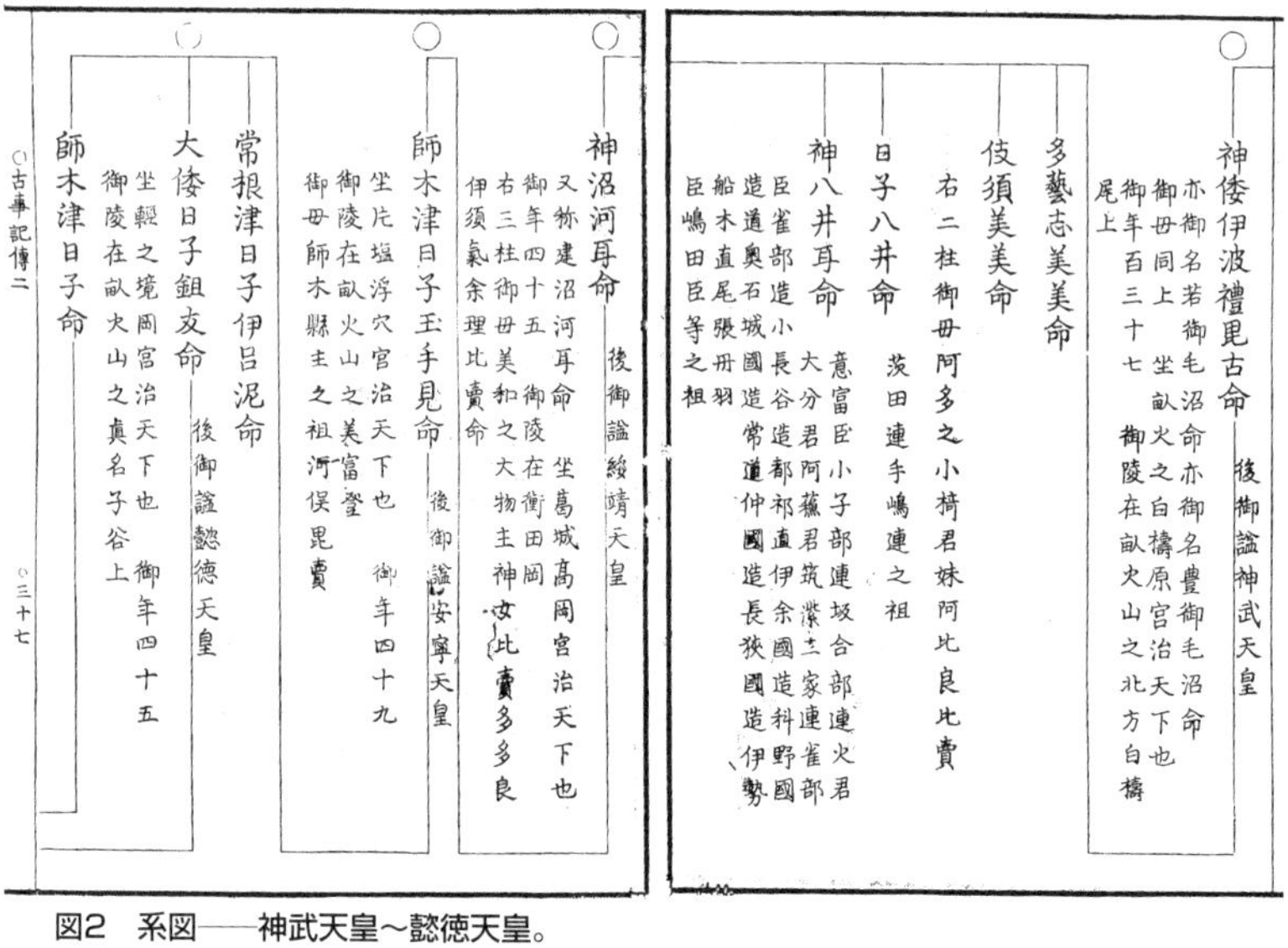

図2　系図——神武天皇～懿徳天皇。

祖の注は『古事記』にあるものを書き抜けばよいものです。しかし、それだけではありません。図2を見るとよくわかりますが、漢風諡号《しごう》・宮・御年や御陵の所在を書き入れるなど、○印ともども『古事記』の見わたしにはとても機能的です。よくできた要覧となっています。『古事記』を読むための手引きないし付録となります。

古事記の成立を語る唯一の資料としての序文

二之巻の中心となるのは、やはり序文の注釈です。

この序文は（序文は、『古事記伝』の読みにしたがって読み下しにして引用します。必要な場合現代語訳をつけます）、太安万侶が、『古事記』を撰録し献上するにあたって書いたもので、結びに、

> 幷《アハセ》て三巻を録し、謹て以て献上す、臣安万侶、誠惶誠恐、頓首頓首、
> 和銅五年正月廿八日
> 正五位上勲五等太朝臣安万侶

とあって、撰者や成立の年時をこれによって知ることができます。序文には、天武天皇の時に『古事記』撰録の発端があり、元明天皇の命をうけて安万侶が完成したことも述べていますが、じつは、

『古事記』の成立を語るものはこの序文しかありません。

まず、序文（「序」といっていますが、天皇に言上する文書のかたちをとっていて正確にいえば上表文です）全体の概略はつぎのとおりです。

書き出しは、「臣安万侶言す」とあります。これは上表文の定型です。

続いて、「夫《ソ》れ混元既に凝て、気象《キシヤウ》未だ效《アラ》はれず」（およそ混沌とした始めの気が既に凝結して、きざし・形はまだ現れない）と、天地以前の混沌から述べて、歴代の代表的な天皇の事績を顧みて、こうまとめます。

> 歩驟《ホシウ》各異に、文質同じからずと雖も、古を稽《カムガヘ》て以て風猷を既に頽れたるに縄《タダ》し、今を照らして以て典教を絶えむと欲するに補はずといふこと莫し、
> （治世に緩急あり、華美と質朴との差はあったが、いにしえに鑑みて風教道徳の既に崩れてしまったのを正し、今を照らして道と教えとの絶えようとするのを補わないということはなかった。）

その後に、「飛鳥の清み原の大宮に大八洲御《シロシメ》しし天皇の御世に曁びて」と、天武天皇のことを言い起こし、天皇が「帝紀及び本辞」があやまりをおおくふくむようになっていることを正そうとし

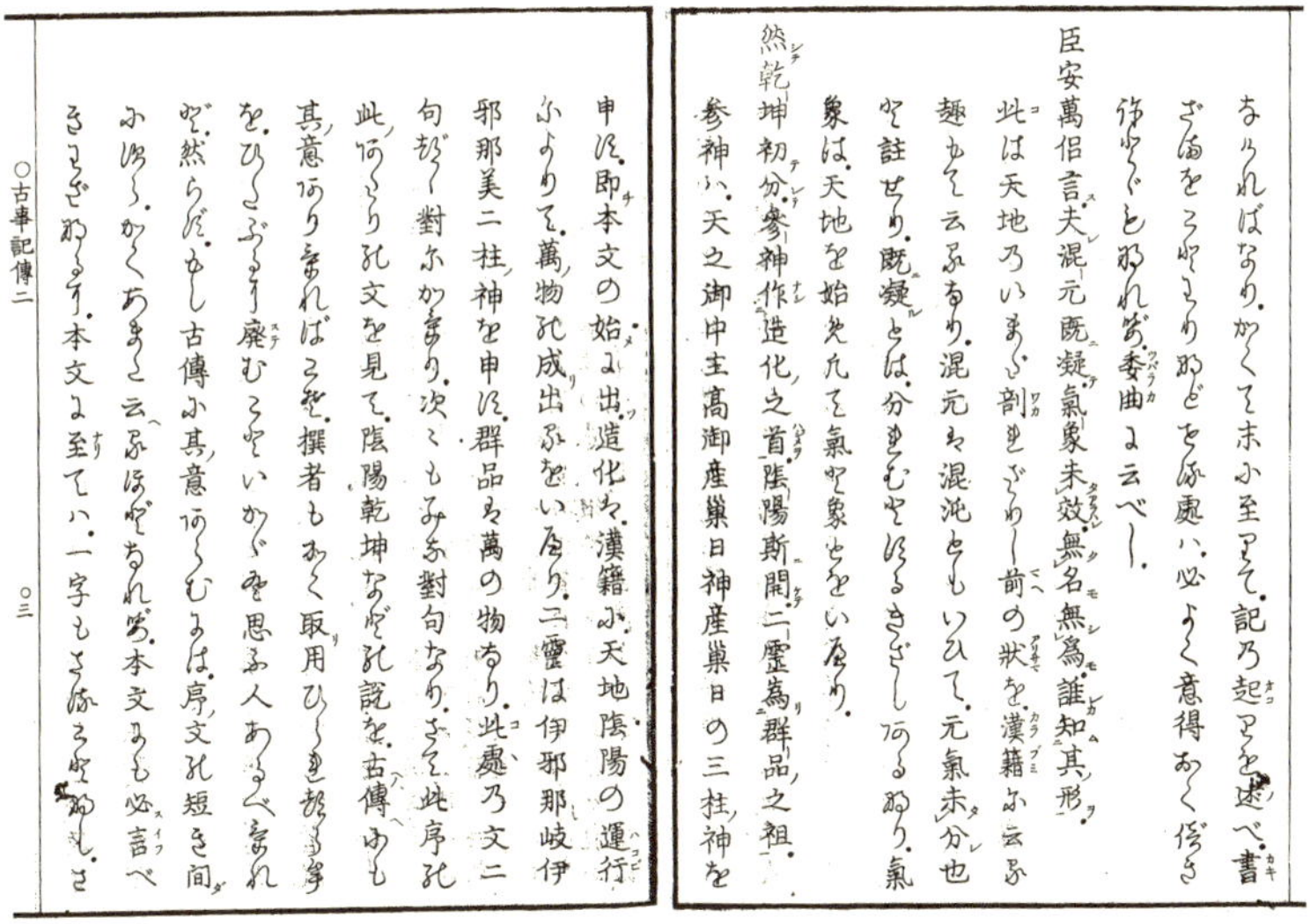

図3　序文の注のかたち。本文を掲げたあとに二字下げて注を書き入れています。

て、稗田阿礼に「帝皇の日継、及び先代の旧辞」を「誦習」させたといいます。しかし、この御世に撰録ははたされなかったといい、元明天皇の御世、和銅四年九月十八日に、太安万侶に「稗田の阿礼が誦む所の勅語の旧辞を撰録して献上」することを命じ、それが和銅五年正月二十八日に成ったというのです。

この序文以外に『古事記』の成立に関する資料はありません。それゆえ、多くの論議が序文をめぐって重ねられてきました。稗田阿礼が「誦習」したことや、完成にあたって安万侶がどのような留意をしたかと述べていることが、とくに注意を呼んできたといえます。

しかし、宣長にとって、要はただ一点だけだったと見られます。つまり、天武天皇が決定的な意味をもつ、そのことだけなのです。その序文理解を見てゆくこととします。ただ、念のためにいいますが、その宣長のいうことがただしいかどうかということは問題としません。

序文の構成理解

まず、宣長には明確な段落的構成的なとらえかたがあったことに注意しておく必要があります。序文の一文一句に説明をくわえつつも、段落ふうにまとめて見てゆくのです。段落化することは、現在の注釈書もおなじですが、段落に分けることは構成把握であり、それ自体すでに解釈にほかなりません。そのことに目を向けましょう。

一文一句に注をくわえながら（前ページの図3を見てください。漢文の原文に返り点、送り仮名、ルビをつけて一行ずつ本文を掲げ、二字下げて注を書きこんでゆきます。序文の引用にあたっては、その返り点・送り仮名・ルビにしたがって読み下し文にしました）、「ここまで」「これより」といってまとめてゆくのが序文の段落区分のやりかたです。

序文は、天地のはじまりから歴代の天皇の代表的な事績を述べてきて、「境を定め邦を開て、近つ淡海に制したまひ、姓を正し氏を撰《エラビ》て、遠つ飛鳥に勒《ロク》したまふ（境を定め国造らを定めて、成務天皇は近江の宮で天下を治められ、允恭天皇は氏姓を正して飛鳥の宮で天下を治めなさった）」とまとめます。そして、さきに引用した「歩驟各異に、文質同じからずと雖も、古を稽て以て風猷を既に頽れたるに縄し、今を照らして以て典教を絶えむと欲するに補はずといふこと莫し」につづきます。「境を定め邦を開て〜遠つ飛鳥に勒したまふ」のあとに「さて是までは、古の御々代々に聞え高き事どもをこれかれと抜出て、文飾《カザリ》に書るなり」（六八）といい、「歩驟各異に〜今を照らして以て典教を絶え

む と欲するに補はずといふこと莫し」のあとに「此は上件の事どもを取総てことわれるなり……さて如此言て下文の本を起せるものぞ」〔六八～六九〕といいます。このように、第一段と第二段との区分が示されるのです。こうした区分をたどって見てゆくと、五段構成としてとらえていることがわかります。

歴代の代表的な天皇の事績について述べたところを第一段、つづいて天武天皇について述べるところを第二段とし、天武天皇のもとになされた、『古事記』の起こりについて述べるところはべつに一段とします(第三段)。「是に天皇詔りしたまはく、朕聞く諸家の賷《モタ》る所の、帝紀及び本辞、既に正実に違ひ、多く虚偽を加ふと(ここにおいて天皇が仰せられたことには、わたしが聞くところでは、諸家のもつ帝紀と旧辞とは既に真実と違い、偽りをおおく加えているという)」と、『古事記』撰録の発端を述べる文に注して、

さて此よりつぎつぎ、未行其事矣といふまでは、此記の本《モト》の起りを演たるなれば、慇懃《ネモコロ》に見べし、上の件のかざりのみに書たる文とは異なるものぞ、〔七一〕

というのです。

天武天皇の発意によってはじまり、稗田阿礼に命じて「誦み習」わせたが、「未だ其事を行ひたまはざりき」(撰録のことは果たし行われずにおわった)と述べるところを、その前の天皇をたたえる第二段がかざりに書いたのとは違い、『古事記』のおこりを述べたものとして丁寧に見なければなら

ないというわけです。

そして、撰者の当代元明天皇の賛美を第四段とし、撰録の実際を述べるところはべつに一段をたてて第五段とします。

この序文の段落把握について、現在の注釈書と比べてみると、すこし違うところがあります。

わたしと山口佳紀さんとが注釈した新編日本古典文学全集本（一九九七年、小学館）でも、岩波文庫本（一九六三年）でも、新潮日本古典集成本（一九七九年、新潮社）でも、三段に区切るのであり、それが普通です。『古事記伝』の第一段を第一段、第二、第三段を第二段、第四、第五段を第三段とするものです。新編日本古典文学全集では、第一段を「古代の回想」、第二段を「古事記撰録の発端」、第三段を「古事記撰録の完成」としたのですが、天武天皇において『古事記』撰録のことがはじまり（第二段）、元明天皇のときに太安万侶が完成したという（第三段）、これはこれで分り易い段落理解です。

これに対して『古事記伝』の段落理解は、『古事記』の撰録を直接述べるところに重点を置いて見ようとするものです。


たゞ文章のかざりのみに書るところは、たゞ一わたり解釈て、委曲《クハシク》はいはず、（略）記の起りを述べ、書ざまをことわりなどせる処は、必よく意得おくべきことどもなれば、委曲《ツバラカ》に云べし、
〔六六八〕

というとおりで、天武天皇や元明天皇についての記述などは、「文飾」「かざり」として書いたものにすぎないといって切り離してしまい、簡略な注釈にとどめて、第三段、第五段にもっぱら目を向けようとしたのです。ここがわかればいいという序文理解の態度がはっきりうかがえます。

その宣長にしたがってみてゆきましょう。

天武天皇「大御口づから」の誦み

宣長が、序文においてうけとったところは、『古事記』の成り立ちは天武天皇に負うということにつきます。阿礼が伝え、安万侶が録そうとしたところは、天武天皇が「大御口づから」あたえた誦みだというのです。漢字に書かれたものを、しかるべき古語のことばにしてよむのですが、序文は「誦」という字を用います。文献の読誦ということで、この字が選択されています。ここでも序文の用語のままに「誦」をもちいることにしました。

序文の第五段は、和銅四年九月十八日に元明天皇が太安万侶に詔して、「稗田の阿礼が誦む所の勅語の旧辞」を撰録して献上せよと命じたとあり、そのことがどう果されたかを述べるのですが、「勅語の旧辞」にはこう注がつけられます。

> 此にしもかく勅語のとあるを以思へば、もと此勅語は、唯に此事を詔ひ属《ツケ》しのみにはあらずて、彼天皇（天武）の大御口づから、此旧辞を諷誦《ヨミ》坐て、其を阿礼に聴取しめて、諷誦坐大御言のまゝを、誦うつし習はしめ賜へるにもあるべし、（若然らずば、此処には殊に勅語のとことわる

『古事記伝』二之巻——序文

べきにあらねばなり、）〔七五〕

「此にしも」というのは、第三段に、天武天皇の時のこととして、「阿礼に勅語して、帝皇の日継、及び先代の旧辞を誦習はしむ」（天武天皇が、阿礼に詔して帝皇の日継と先代の旧辞とを誦みならわせなさった）とあったことを指します。その「勅語して」は、天皇が直接命じたことをいいますが、ここであらためて「勅語の旧辞」ということには別に意味があると考えるのです。

大意を示せば、「ここにも「勅語の旧辞」というのを考えれば、さきに阿礼に勅語して誦み習わせたとあったが、それのみでなく、天皇ご自身のお口でこの旧辞をお誦みになった、そのことばのままに誦みうつし習わせなされたのであろう」となります。そのように序文の語るものを受け取って、天武天皇自身が「撰びたまひ定め賜ひ、誦たまひ唱へ賜へる古語」〔七五〕なるが故に、たぐいなく尊いのだということを確信するのです。

阿礼の役割は、天武天皇のあたえた誦みを伝えたことにあります。伝承を伝えた語り部のようなものとして考えているのではありませんし、また、無条件に「古語」を伝えたなどというのでもありません。

「諸家の賷《モタ》る所の、帝紀及び本辞、既に正実に違ひ」とあるのだから、もとになる本があることは当然だということなのです。「帝紀」は「帝皇日継」とおなじで、「御々代々の天津日嗣を記し奉れる書」（天皇の代々の継承の次第を記したもの）。「本辞」は「先代旧辞」「旧辞」ともあって、川嶋皇子等に詔して「帝紀及び上古の諸事を記し定めしめたまふ」（『日本書紀』天武天皇十年三月十七日条）という、「上古の諸事」がまさにこれにあたるとしながら〔七一〕、それらがもとにあるととらえています。

「漢文」のテキストにもとづいた誦みであって、しかも、それは天武天皇があたえたものだということを「勅語」に見るわけです。

稗田阿礼の役割

大事なのは、その天皇の誦みが、阿礼の「口にのこ」って、なお現にあるから『古事記』を撰録することができたということです。

元明天皇の詔に、「稗田阿礼が誦む所の勅語の旧辞」を撰録してたてまつれというのは、「彼清御原朝御世に、誦習ひおきつる帝紀旧辞は、此人の口にのこれるを、今安万侶朝臣に詔命仰せて、撰録しめ賜ふ」〔七四～七五〕ことだとします。それに応じて安万侶が「子細に採り摭」ったとあって「上古の時、言意並びに朴にして」という文脈については、「こゝの文のさまを思ふに、阿礼此時なほ存在《イケ》りと見えたり」〔七四〕「上古之時云々、此文を以見れば、阿礼が誦る語のいと古かりけむほど知られて貴し」〔七五〕と、この時阿礼が生きていたので撰録が果されたのだとたしかめます。宣長にとってその手続きがどうしても必要でした。阿礼の誦みは、天武天皇に直接つながるものであるがゆえに貴く、それによって『古事記』は保障されるからです。

阿礼の年齢計算は、そのためのものです。序文には、阿礼について「年是れ廿八、人となり聡明にして、目に度れば口に誦み、耳に拂るれば心に勒す」とあります。一度見た書はそのままそらにうかべてよく誦み、一度聞いたことは忘れることがないというのであって、それゆえこの人に誦み習わせたといいますが、その二十八から、和銅四年段階でいくつであったかを計算してこういいます。

廿八歳とありしは、かの清御原御世の何れの年なりけむしられねば、今和銅四年には齢いくらばかりにか有らむ、さだかには知がたけれど、姑《シバラ》く彼を元年として数ふれば、六十八歳にあたれり、されどそのかみ所思看し立しこと、いまだとげ行はれぬほどに、天皇崩まししを思へば、御世の末つかたの事にこそありけめ、もし崩の年のことゝせば、五十三歳なり、〔七四〕

天武天皇の元年のことならば六十八、末年のことならば（天皇の意思が実現されずにおわったことを思うと、その可能性のほうがたかいというニュアンスです）五十三として、生存の不自然でないことをたしかめたのです。そうしたこだわりかたが『古事記伝』らしさといえます。

「古語」にかえして口につたえ、よく誦み習わせて書き録させる

天武天皇の誦みを口にうつさせ、それをもとに撰録したことに『古事記』の本質があるというのですが、それは、ことばを重んじたからだといいます。

抑《ソモソモ》直に書には撰録《シルサ》しめずして、先かく人の口に移して、つらつら誦習はしめ賜ふは、語を重みしたまふが故なり、〔七二〜七三〕

と、口にうつすことの意味をいいます。一之巻「訓法の事」にはより丁寧にこう述べています。

さて其《ソ》を彼阿礼に仰せて、其口に誦うかべさせ賜ひしは、いかなる故ぞといふに、万の事は、言《コト》にいふばかりは、書《フミ》にはかき取がたく、及ばぬこと多き物なるを、殊に漢文にしも書ならひなりしかば、古語《フルコト》を違へじとては、いよゝ書取がたき故に、まづ人の口に熟《ツラツラ》誦ならはしめて後に、其言の随に書録《シル》さしめむの大御心にぞ有けむかし、〔三二〕

「阿礼に命じて口に誦みうかべさせたのは、文字に書くことはことばにいうようにはできないという一般的なことにとどまらず、この時代、漢文でかきなれていたから「古語」を書くことはなお難しかったので、まず、口によく読み習わせた後に、そのことばのままに書き記させようというのが天皇の意思であったであろう」というのが大意です。

「然せずして、直に書より書にかきうつしては、本の漢文のふり離れがたければなり」と、口にうつすことは、もとにあった「漢文」の規制から離れるためにも必要だといいます。

それは、もととなる「漢文」のテキストがあったことを当然の前提としています。そのうえになされたのが天皇の誦みであり、それは、「古語」にかえそうとしたものだととらえます。

「訓法の事」に、さきの引用のあとにこうあります。

当時《ソノカミ》、書籍《フミ》ならねど、人の語にも、古言《フルコト》はなほのこりて、失はてぬ代なれば、阿礼がよみならひつるも、漢文の旧記に本づくとは云ども、語のふりを、此間《ココ》の古語にかへして、口に唱へこゝろみしめ賜へるものぞ、〔三一〕

「当時」とは天武天皇の当時です。そのとき、まだ「古言」はうしなわれはてていなかったから、「漢文」を「古語」にかえすことができたのだといいます。宣長は、阿礼の誦みに伝承そのものを見ているのではないと、あらためていいましょう。大事なのは、「古語にかへして」ということです。「漢文」で書かれたものは書かれるごとにことばから離れてゆく（「万事を漢文に書伝ふとては、其度ごとに、漢文章に牽《ヒカ》れて、本の語は漸に違ひもてゆく」〔三一〕）のであったから、「古語」にかえそうという天皇の意思があったというのです。

その天皇の意思は、阿礼が伝えたものによって可能であった、そのことが阿礼の重要性だというのです。

『古事記』が推古天皇でおわること

あくまで、天武天皇に由来するものとして『古事記』を見るということです。

『古事記』が推古天皇でおわる理由も、天武天皇にかかわるところは、はばかることによるといいます。

さて小治田御世までにしてとぢめたるゆゑは、此御撰録は、阿礼が誦習ひつるまゝを録されたる、其はもと清御原宮天皇の勅語なれば、小治田（推古）の御次岡本宮天皇（舒明）は、彼天皇の大御考命に坐が故に、憚て其御世までは及ぼし賜はざりけるなるべし、〔七九〕

推古天皇の次は、天武天皇の父である舒明天皇（「考」は父のことをいいます）だから、そこにまで及ぼすことは憚って避けたのだといいます。天武天皇をもととして『古事記』をとらえることはここまで徹底します。序文を、『古事記』の成立は天武天皇につきることをいうものとして理解するのです。

序文と本文冒頭

なお、序文にかんして、もうひとつ述べておきたいことがあります。

序文の冒頭、

> 夫れ混元既に凝て、気象未だ效はれず、名も無く為も無し、誰か其の形を知む、

というのは、宣長のいうとおり、「天地のいまだ剖れざりし前の状」を、「漢籍」の趣、つまり陰陽論

ふうにいうものですが〔六六〕、そこから、

> 然して乾坤初て分れて、参神造化の首を作し、陰陽斯に開けて、二霊群品の祖と為り、

と続きます。「参神」は天之御中主神・高御産巣日神・神産巣日神のことで、「二霊」は伊邪那岐・伊邪那美二神のことです。「乾坤」は天地の意。この文の大意は、「天地が分かれて、三神が万物の始まりとなり、陰と陽とがここで分かれて二神があらゆるものの生みの親となった」となります。陰陽論的に世界のはじまりをいうなかで、『古事記』において最初に登場する神をもち出してきます。

これを、『古事記』本文の冒頭部分と対応させて見ようとすることがおこなわれてきました。その代表が倉野憲司『古事記全註釈』です。

天地初発之時、於高天原成神名、天之御中主神。次高御産巣日神。次神産巣日神。

と、『古事記』本文の書き出しにあるのを、「天之御中主神。次高御産巣日神。次神産巣日神」と「参神」、「天地初発」と「乾坤初分」とを対応させて見ようというのです。それは『古事記』本文の理解に連動させられます。倉野は、「(「天地初発」を)ハジメテヒラケシトキニと訓むことにする。「天地

初発之時」は第一巻序文篇で考察したやうに、序文の「乾坤初分」や「天地開闢」と符節を合するものであつて、自然界の天と地とが初めて分れた時にとか、天と地とが初めて開けた時にとかの意である」（『古事記全註釈』）といいます。

そうした対応のさせかたは、宣長が峻烈に否定したものでした。序文の「陰陽乾坤などの説」は、「本文に至ては、一字もさることなし、されば本文と相比べて、序にこれらの語のあるは、返りて古伝にさる意なき証とすべき物にて、正実と虚飾とのけぢめいよゝ、著明し」（六六）だと、序文と本文とは違うのだと明快にいいきっています。

序文の陰陽論的表現とそうでない本文とのあいだの違いに本質的問題があることをうけとめるべきだということです。これについて、おなじ箇所に言及しながら、「序文が漢文的であり、本文が日本的であると云ふのは正しいが、前者の皮を一皮むけばほぼ同じ内容の姿になる。序文と本文とに関して宣長が前者を非難し、「正実《マコト》と虚飾《カザリ》とのけぢめいよゝ著明《イチジル》し」と云つたのは、両者の文体や用語の相違から、自ら謬見を抱くに至つたのである」というのは（小島憲之『上代日本文学と中国文学上』）、見当はずれというしかありません。

わたしは、宣長の明確さにひかれますが、このことは、つぎの三之巻であらためて見なければならない問題としてたちあらわれます。そのときにまたふれることとします。

2、『古事記伝』三之巻・神代一之巻——伊邪那岐神《いざなぎ》・伊邪那美神《いざなみ》の登場

伊邪那岐・伊邪那美まで神の名を列挙するだけの『古事記』冒頭部

三之巻から『古事記』本文にはいります。この巻では、伊邪那岐神・伊邪那美神の登場までを取り上げます。本文の分量はおおくありません。本文を読み下しのかたちでかかげれば以下のとおりです。『古事記伝』のつけた区切り（段落）にしたがって四段に分け、段落の頭に漢数字で示しました。『古事記伝』は段落に区切って『古事記』本文を掲げ（図4に見るように、漢字本文に句点とルビをつけたかたちで掲げます）、それに注をつけてゆくのです。

[一]天地の初発《ハジメ》の時、高天原《タカマノハラ》に成りませる神の名《ミナ》は、天之御《ミ》中主《ナカヌシ》神。次に高御産巣日《タカミムスビ》神。次に神産巣日《カミムスビ》神。この三柱の神は、並独《ミナ》神成り坐して、身《ミミ》を隠したまひき。

[二]次に国稚く浮脂《ウキアブラ》の如くにして、くらげなすただよへる時に、葦牙《アシカビ》の如萌え騰《アガ》る物に因《ヨ》りて成りませる神の名は、宇麻志阿斯訶備比古遅《ウマシアシカビヒコヂ》神。次に天之常立《トコタチ》神。この二柱の神も亦独神成り坐して、身を隠したまひき。

　上の件五柱の神は別天《コトアマ》つ神。

[三]次に成りませる神の名は国之常立神。次に豊雲《トヨクモ》上野《ヌ》神。この二柱の神も独神成り坐して、身を隠したまひき。

[四]次に成りませる神の名は宇比地邇《ウヒヂニ》上神。次に妹須比智邇《イモスヒヂニ》去神。次に角杙《ツヌグヒ》神。次に妹活杙《イクグヒ》神。

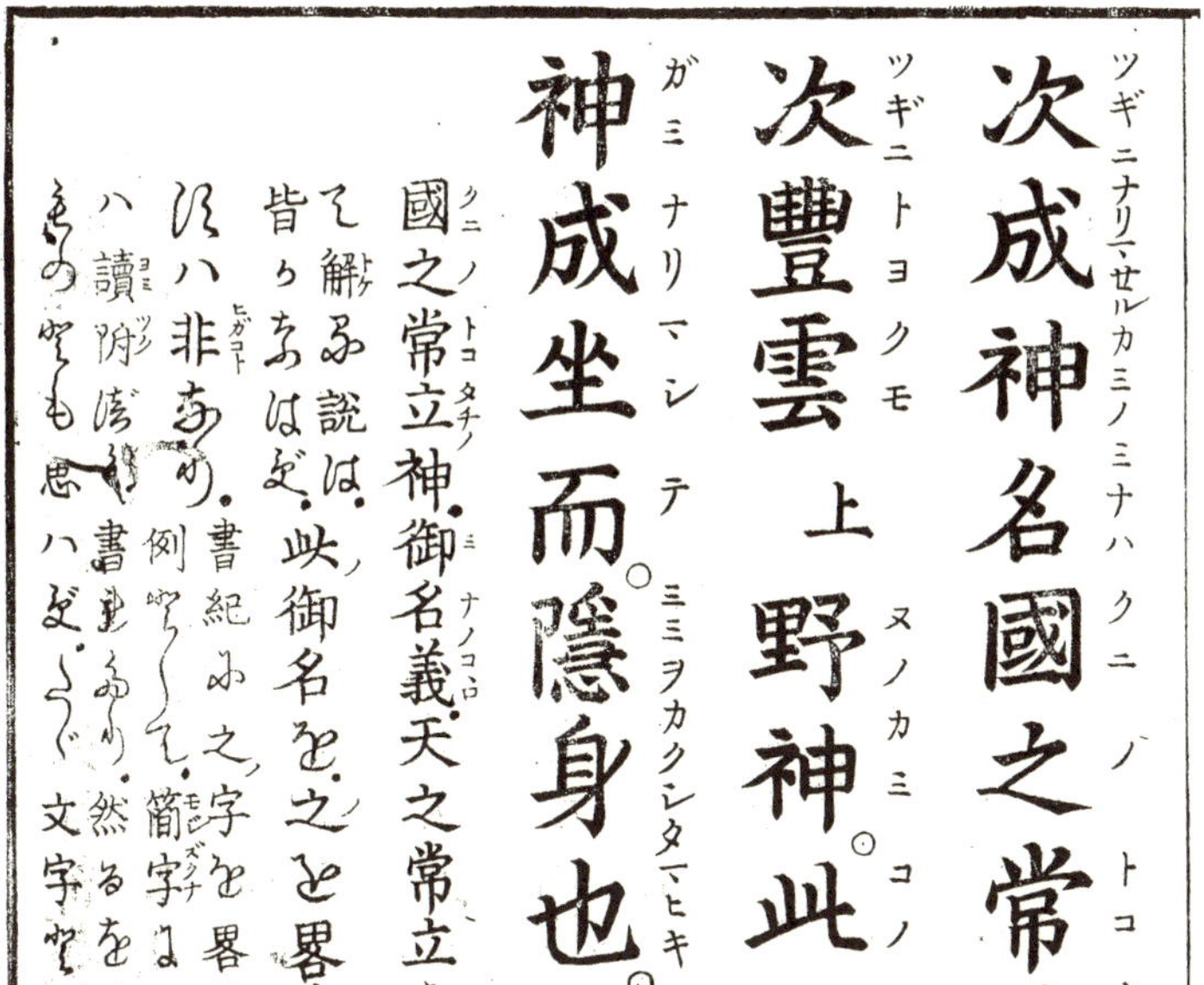

図4 『古事記伝』の注のかたち。本文（かなりおおきな字です）に読みと句点をつけて掲げ、そのあとに注を書き入れてゆきます。（第三段の部分）

> 二柱　次に意富斗能地《オホトノヂ》神。次に妹大斗乃弁《オホトノベ》神。次に淤母陀琉《オモダル》神。次に妹阿夜上訶志古泥《アヤカシコネ》神。次に伊邪那岐《イザナギ》神。次に妹伊邪那美《イザナミ》神。
>
> 上件国之常立神より以下《シモ》、伊邪那美神以前《マデ》、幷せて神世《カミヨ》七代《ナナヨ》と称《マヲ》す。上の二柱は、独神各一代と云《マヲ》す。次に双《ナラ》びます十神《トバシラ》は、各二神《フタバシラ》を合せて一代と云す。

『古事記伝』の訓みにしたがって、訓み下し文にして引用しました（分注は小文字にしました）。見るとおり、この部分は筋のある話ではありません。神の名を呼び上げるだけのようなものです。『古事記伝』は、これだけに一巻をあて、筑摩書房版全集で三十五ページを費やすのです。冒頭をどう読もうとしたのか。『古事記伝』がそこにかけたものを見なければなりません。なにごともはじまりにかかっているといわれます。三之巻も、そうしたはじまりの重さをせおっています。

世界の物語として読む

ひとことでいえば、世界の物語をひらく、というのがふさわしい読みがここにはあります。天地以前に神があり、その神のはたらきのもとに天地をはじめすべてが生成される、『古事記』冒頭は、そういう世界のはじまりを語るものとして読まなければならない——、それが『古事記伝』の示した骨格です。

まず、冒頭の「天地初発之時」の「初発之時」を、ハジメノトキと訓むべきだとしたうえで、こういいます。

さて如此天地之初発と云るは、たゞ先此世（仏書に世界と云て、俗人も常に然いふなり、）の初を、おほかたに云る文《コトバ》にして、此処は必しも天と地との成れるを指て云るには非ず、天と地との成れる初は、次の文にあればなり、〔一一三〕

要するに、「天地初発」は、「世界」（もとは仏教のことばだと注意しています）のはじめを一般的にいうだけで、天地が成ったというのではないというのです。天地のはじまりは後の文にあるといいます。その「次の文」とはなにかというと、第二段の「浮脂」のことです。その「浮脂」の注釈に、こうあります。

A此段《クダリ》は、天地の成る初発《ハジメ》を云るにて、先其初に、此物の一叢《ヒトムラ》生出たるなり、（此を如浮脂と譬へたるは、たゞ其漂蕩《タダヨ》へるありさまの似たるなり、其物を脂の如くなる物と謂には非ず、書紀の伝には、魚にも雲にも譬へたるにて知べし、一書には、其状貌難言ともある如く、正しき其物の形は、言がたきなるべし、）〔一二四〕

Bさて此浮脂の如く漂蕩へりし物は、何物ぞと云に、是即天地に成るべき物にして、其天に成べき物と、地に成べき物と、未分れず、一に淆《マジ》りて沌《ムラ》かれたるなり、書紀一書に、天地混成之時とある是なり、〔一二五〕

二箇所引用しましたが、おなじことです。この丁寧さ（しつこさともいえます）が『古事記伝』らしさなのです。

Aの大意はこうです。「このくだりは、天地が成るはじめをいうのであって、まずはじめにこの浮脂のような物がひとむら生じたという。これを浮脂のごとくと譬えたのは、ただその漂っている有様が似ているからであって、その物が脂のようだというのではない。『日本書紀』には魚にも雲にも譬えてあるので知るべきだが、『日本書紀』の一書にはそのありさまは言いがたいとあるから、その物の形はいいあらわしがたいのだ」。Bの大意は、「この浮脂の如く漂っていた物は、何かというと、これが天地になるべき物であって、天に成るべき物と地に成るべき物とはまだ分れず、ひとつにまじっている。『日本書紀』の一書に天地混成之時というのがこれだ」となります。

「くらげなすただよへる」「浮脂の如」きものを、天地になるべきものがひとかたまりになった物としてとらえるのであり、『日本書紀』を、おなじことを伝えるのだと考えて見合わせていることがよくわかります。『日本書紀』は排除されるのでなく、むしろたがいに補い合うものとして見合わせているのです。

『日本書紀』第一段の本書・一書に、「開闢之初」（本書）、「天地初判」（第一、第四、第六の一書）、「天地未生之時」（第五の一書）とあるのを、みな「天地初発之時」とおなじだとし、そこにいわれる事を重ねて見ています。

具体的にいうと、Aで、「魚にも雲にも譬」えるというのは、『日本書紀』本書に「開闢くる初に、洲壌の浮れ漂へること、譬へば游魚の水上に浮けるが猶し」とあるのを、「洲壌云々は、此記の国稚にあたり猶游魚云々（略）などは、如浮脂と云にあたれり」（一三五）と引き合わせているのです。第五の一書に「天地未だ生らざる時に、譬へば海上に浮べる雲の根係る所無きが猶し」というのは、おなじものを「雲」にたとえたということになります。その譬えは、「状貌言ひ難」い（第一の一書）ものをいおうとしたのだと納得するのです。Bに引いた「天地混成之時」というのは第三の一書です。それとおなじだといいます。

「葦牙の如萌え騰」って天と成り、のこりとどまって地と成る

そして、第二段に「浮脂の如く漂蕩へりし物」が、天地となることについて、「葦牙の如萌え騰る」ということが天のはじめをいうのだととらえます。

抑彼浮脂の如くなる物は、天と地と未分れずして、たゞ先一沌《ヒトマロカレ》に成れるにて、其中に天となるべき物は、今萌騰《モエアガ》りて天となり、地となるべき物は、遺り留りて、後に地となれるなれば、（地の成るは、女男大神の段なり、）是正しく天地の分れたるなり、（一三七）

ひとかたまりのなかから、萌えあがって天と成り、地と成るべきものはのこりとどまって、後に地となったというのです。天之常立神、国之常立神とわかれ、しかも天之常立神までが「別天神」とされるということがその証なのでした。「天之常立に対て国之常立と申す御名も、地に依ればなり」

〔一四三〕というとおりです。
図式的にまとめれば次のようになります。

萌え騰って天と成る
宇麻志阿斯訶備比古遅、天之常立神

浮脂の如き物
（『日本書紀』では
魚、雲に譬える）

のこりとどまって後に地と成る
国之常立神〜伊邪那美神

なお、「葦牙《アシカビ》の如萌え騰る物に因りて成りませる神の名は」とあって、宇麻志阿斯訶備比古遅《ウマシアシカビヒコヂ》神から「次に」で続いてゆくのだから、伊邪那岐・伊邪那美まで全体が葦牙の如くなるものによって成った神と見る可能性があることも留保しています。「　方に定めがたくてなむ、姑く二むきに解る」（〔一四四〕決めがたいところがあり、かりに二とおりの方向をかんがえておく、ということです）というのですが、こちらにかんしては、もしそう見るなら伊邪那美まで十二神も天神であるはずなのにそうでないのはうたがわしいと〔一四三〕、どちらかというと消極的です。

『日本書紀』もおなじ伝えに基くものとして見る

『日本書紀』もおなじことを伝えるのだとして、補い合って理解することは見たとおりですが、この『日本書紀』に対する態度は一貫するものです。『古事記』も『日本書紀』もおなじ伝えに基くものだと見るのです。ただ『日本書紀』には、「潤色《カザリ》」がある、それによって「古伝」がそこなわれていることに注意が必要だといいます。『古事記伝』一之巻「書紀の論ひ」、『神代紀髻華山蔭』（『古事記伝』の後に成った『日本書紀』神代巻の注釈です。宣長の神代紀理解がよくうかがえます。『本居宣長全集』第六巻、筑摩書房、一九七〇年）に、そうした態度はあきらかです。

さきに見た、序文に対して示した態度の問題とかかわるので、すこしたちいってみることにします。

『日本書紀』の冒頭はつぎのとおりです（原文は漢文です）。

古に天地《アメツチ》未だ剖れず、陰陽《メヲ》分れざりしとき、渾沌《マロカ》れたること鶏子《トリノコ》の如くして、溟涬《ホノカ》にして牙《キザシ》を含めり。其れ清陽《スミアキラカ》なるものは、薄靡《タナビ》きて天と為り、重濁れるものは、淹滞《ツツ》ゐて地と為るに及びて、精妙《クハシクタヘ》なるが合へるは摶《ムラガ》り易く、重濁れるが凝りたるは竭《カタマ》り難し。故、天先づ成りて地後に定る。然して後に、神聖《カミ》、其の中に生《ア》れます。

これを現代語訳してみると、

昔、天と地とが分かれず、陰と陽とが分かれていなかったとき、混沌として形の定まらないことは鶏卵の中身のごとくであり、自然の気がおこり薄暗いなかにきざしを含むのであった。気がわかれて、陽気は軽く清らかで高く揚がって天となり、陰気は重く濁っていて滞って地となった。すなわち、清くこまかなものはまとまりやすく、重く濁ったものはかたまりにくい。だから、天がまず成って、地が後に定まった。然る後に神がその天地の中に生じた。

となります。

この冒頭の一節は漢籍の文をそのままよせあつめただけの「かざり」の文だといいます（一之巻、八。『髫華山蔭』五一八）。たしかに、『三五暦紀』や『淮南子』から取りあわせただけの文であることは、はやくからあきらかにされており（『三五暦紀』は逸書ですが、類書によって知られていたと見られます）、そのことを踏まえての発言です。さらに、『日本書紀』本書が、国常立尊以下三神を「乾《アメ》道《ノミチ》独化《ヒトリナ》す。所以《コノユエ》に、此の純男《ヲトコノカギリ》を成せり」といい、埿土煮尊・沙土煮尊から伊奘諾尊・伊奘冉尊までの四組の男女神について「乾坤《アメツチ》の道、相参《アヒマジ》りて化る。所以に、此の男女《ヲトコヲミナ》を成す」とすることも、「さかしら」に加えた「潤色の漢文」であり、元来の伝えをそこなってしまったというのです（『髫華山蔭』五二〇）。「乾坤」は天地の意です。「乾道独化」とは、天の働き、つまり陽気だけによって成った神として男神であり、「乾坤の道、相参りて」とは陰陽の気が相交わってなったので男女の神が成ったということです。それは、ただ文字として用いたというだけでなくなっていることを見なければならないといいます。そのことを、さかしらによって古伝がそこなわれているのだとつよく批判するのです。

たちもどっていいますが、『古事記』序文に「乾坤初て分れて、参神造化の首を作し、陰陽斯に開けて、二霊群品の祖と為り」ということを、「虚飾《カザリ》」であり、本文とはあいいれないといって排除するのもおなじことなのです。安万侶もこの時代の人として序文は漢文で書くのだが、それゆえ古伝とは違うものになってしまっており、これと『古事記』の冒頭の「天地初発」とを見合わせて解釈することなどありえないといったのでした。表現のもとにある発想の本質をとらえてのことだと見るべきです。（前章二三〜二五ページに述べたとおりです。）

要するに、『日本書紀』は、「かざり」の「漢意《カラゴコロ》」を去って見なければならないものとしてあるということです。ただ、根本は『古事記』とおなじところに根ざし、補い合って見るべきものなのです。『古事記伝』が、くりかえし『日本書紀』を引用しながら、『古事記』『日本書紀』をひとつにして読もうとすることがここで納得されます。

宣長の読みの問題

こうした『古事記伝』の、世界の物語としての読みかたは、明快といえば明快です。しかし、きわめて強引で無理があるといわねばなりません。たしかに、『日本書紀』は天地が分かれることを述べていますが、『古事記』はどうでしょうか。「天地初発（この訓みが問題ですから、とりあえず原文のままにしておきます）の時に、高天原に……」というのですから、すでに「高天原」はあるとすなおに受け取るべきではないでしょうか。つまり、『古事記』においては、天地が既に成り立ち、天の世界・高天原に神々が登場するところから語りはじめる（天地の創世はふれない）と見るべきです。そして、地の側は、まだ「国」とはいえないような、クラゲのように漂っているだけの状態だというのです。

はじめに登場した神々は伊邪那岐神・伊邪那美神まで、高天原に登場するのは文脈としてあきらかではないでしょうか。初めの引用を見てください。天之御中主神から伊邪那岐神・伊邪那美神まで「次に」が連続します。ひとつづきであり、「高天原に」という場所の指示は、この全体にかかると見るべきです。伊邪那岐神・伊邪那美神は、高天原から天神の命をうけて降るということです。宣長のように、地と成るべきものによって成ったというのでは、次の章に述べますが、伊邪那岐神・伊邪那美神はいったん天に上り、また降ることになって不自然な読みかたになってしまいます。

なお、「天地初発」は、天地がすでにあってうごきはじめていることをいうものとして、新編日本古典文学全集では、アメツチハジメテアラハレシと訓みました。

産巣日神の霊力を原動力とする展開

無理があるといいましたが、「浮脂の如き物」が天地に成るのだという、世界のはじまりを語るものとして読むのが、『古事記伝』の冒頭部の読みかたの要なのです。

では、その浮脂のごときものはどのようにしてありえたのか、それはどこにあったのか、また、その以前にあらわれた天之御中主神・高御産巣日神・神産巣日神はどういう意味をもつのか――、そうした問題をあわせて、『古事記伝』は世界のはじまりの物語として読み、全体を構成します。それを見てゆきましょう。

浮脂のごときものはどこにあったのかといえば、天地以前なのだから、「虚空中《オホソラ》」に漂っているのだと宣長は答えます。

さて此物の如此漂ひたるは、如何なる処にかと云に、虚空中《オホソラ》なり、次に引る如く書紀に、虚中とも空中ともあるを見て知べし、(然るを如浮脂といひ、久羅下那洲《クラゲナス》などもあるに就て、此物海上に漂へりと心得むは、いたく非なり、此は未天地成らざる時にて、海も無ければ、ただ虚空《オホソラ》に漂へるなり、かくて海になるべき物も、此漂へる物の中に具れるぞかし、)書紀に、開闢之初、洲壌浮漂、譬猶游魚之浮水上也云々、一書曰、天地初判、一物在於虚中、状貌難言云々、一書曰、古国稚地稚之時、譬猶浮膏而漂蕩云々、一書曰、天地未生之時、譬猶海上浮雲無所根係云々とある、此等と引合せて、其時の形状をこまかに弁《ワキマ》へ知べし、〔一二五〕

『日本書紀』に「虚中」「空中」とあるのを根拠として「虚空中」だというのです。この物が漂うさまもまたおなじように『日本書紀』にあるといって、本書・一書を引用し、引き合わせて見よといいます。「譬へば游魚の水上に浮けるが猶し」(本書)、「譬へば浮膏の猶くして漂蕩へり」(第二の一書)、「譬へば海上に浮べる雲の根係る所無きが猶し」(第五の一書)とあるのも引き合わせてみて、浮脂の如く漂うというありさまをよく理解せよというのです。

「虚中」とあるのは第一の一書です。これは引用されていますが、「空中」とする第六の一書はここには引用されていません。「一書に曰はく、天地初めて判《ワカ》るるときに、物有り。葦牙の若くして、空の中に生れり。此に因りて化る神を、天常立尊と号す。次に可美《ウマシ》葦牙彦舅《アシカビヒコヂ》尊。又物有り。浮膏の若くして、空の中に生れり。此に因りて化る神を、国常立尊と号す」とあるものです。

この第六の一書は、「虚空中」に漂うことの証というだけにとどまりません。葦牙の如きものによって成るのが天常立で、浮膏の如きものによって成るのが国常立だということに、天地の分れたことがとくにはっきりとわかるといいます〔一三七〕。ただ、これだと、葦牙の如きものと浮膏の如きものとがもともと別だと見なければなりませんが、その問題は「いさゝか異なる伝なり」〔一三七〕といって解消します。『髻華山蔭』では、もとよりふたつのようにいうのは「紛れたる伝なるべし」〔五二三〕といい、古伝であっても「すこしづゝは、誤りたることも有し也」〔五二三〕といいます。つたえられるうちに誤ったという、いわば奥の手のような問題解消です。

ともあれ、浮脂・クラゲとあるからといって海上に漂うというのではなく、「虚空中」にあると見るべきこととそのさまとを、おなじことを語るものとしての『日本書紀』を動員して説明するのです。その『古事記伝』の筋のとおしかたは明快です。

では、その浮脂の如きものは、どのようにしてありえたのかというと、最初にあらわれた三神、とりわけ、二柱の産巣日神の働きだというのです。

高御産巣日神、神産巣日神〔高御と対をなすものだから元来神御産巣日だったともいいます。〔一二九〕〕の「高御」「神〔御〕」は称辞としたうえで、

産巣日《ムスビ》は、字は皆借字にて、産巣は生《ムス》なり、其は男子《ムスコ》女子《ムスメ》、又苔の牟須《ムス》（万葉に草武佐受なども

あり、〕など云牟須にて、物の成出るを云、（略）日は、書紀に産霊《ムスビ》と書れたる、霊字よく当れり、凡て物の霊異《クシビ》なるを比と云、（略）されば産霊とは、凡て物を生成すことの霊異なる神霊《ミタマ》を申すなり、〔一二九〕

と、名義を解きます。要するに、ムス（生成）・ビ（霊力）だということです。そして、この産巣日の二神が、天之御中主神（天の真中にあって、世界を支配する神という意味をもつと解かれます。〔一二七〕）とともに、最初に登場し、冒頭の神々のうちで、伊邪那岐・伊邪那美の二神をのぞいて、産巣日の二神だけのちのちまで要所々々にたちあらわれることを、その生成の力がすべてをみちびくのだととらえてこういいます。

さて世間《ヨノナカ》に有とあることは、此天地を始めて、万の物も事業《コト》も悉《コトゴト》に皆、此二柱の産巣日大御神の産霊に資《ヨリ》て成出るものなり、（いで其事の、顕れて物に見えたる跡を以て、一つ二ついはば、まづ伊邪那岐神伊邪那美神の、国土万物をも、神等をも生成賜へる其初は、天神の詔命に由れる、其天神と申すは、此に見えたる五柱の神たちなり、又天照大御神の、天石屋に刺隠坐《サシコモリ》し時も、御孫命の天降坐むとするによりて、此国平《ムケ》つべき神を遣す時も、其事思慮給ひし思金神は、此神の御子なり、又此国を造固め給ひし少名毘古那《スクナビコナ》神も、此神の御子なり、又忍穂耳《オシホミミ》命の御合坐て、御孫命を生奉給ひし豊秋津師比売《トヨアキヅヒメ》命も、此神の御女なり、又此国の荒ぶる神等を言向《コトムケ》しも、御孫命の天降坐しも、皆此神の詔命に由れり、大かた是らを以て、世に諸の物類《モノ》も事業も成る

『古事記伝』三之巻・神代一之巻——伊邪那岐神・伊邪那美神の登場

は、みな此神の産霊の御徳《ミメグミ》なることを考へ知べし、（以下略）〔一二九～一三〇〕

もう解説の必要もないかもしれません。ごくかいつまんで要約していえば、この世界のあらゆることは、天地をはじめとして、すべての物も、出来事も、皆ことごとく産巣日の二神の生成のちからによって成されるものなのだといって、国作り、天の石屋、天孫降臨と、要所に産巣日神があらわれることを確認してゆきます。産巣日の神は世界をみちびくのであり、以下の展開の原動力だというのです。

ただ、天之御中主神や産巣日神自体がどのようにありえたかということは知ることができないといいます。「如何なる理ありて、何の産霊によりて成坐りと云こと、其伝無ければ知がたし」〔一三二〕と。その神々がどこにあったかというと、天地がないのですから、やはり「虚空中」です。「高天原に成りませる神の名は」と、すでに高天原があり、そこに成ったかのようにあることについては、こう説明します。

後に天地成ては、其成坐りし処、高天原になりて、後まで其高天原に坐々神なるが故なり、〔一三三〕

天地以前、虚空中に成ったのだが、後に高天原と成ったところにいるからそういうのだというわけです。すみずみまであいまいにしないで、自分の立場で説明することは徹底しています。

さきの図式（三四ページ）に書き足すかっこうであらためて図式化すれば、こうなります。

最初の三神――――――――――――――――――――――――――――――――

虚空中（はたらき続ける産巣日のちから）　　　　　高天原

←

虚空中に
浮脂の如く漂う物
↘ 萌え騰って天と成る＝高天原
　そこに成った宇摩志阿斯訶備比古遅神・天之常立神
↓ 地と成るべきものはのこりとどまる
　そこに成った国之常立神〜伊邪那美神
（伊邪那岐・伊邪那美によって国として作られる）

神名理解と全体把握

神の名を呼び上げるだけのような『古事記』冒頭部とはじめにいいましたが、『古事記伝』の具体的な注釈作業は、当然その名の意味を解くことに向けられます。それが個々になされるようなものでなく、このような世界のはじまりとして読むことと一体に、全体として読むことにむかうものであったことは見忘れてはなりません。

最初の三神を、「虚空中」（後に高天原となったところ）にあらわれたものとして、生成のちからによって、以後の展開全体をみちびくととらえることは見てきたとおりです。

浮脂のごとき物のなかから、葦牙の如きものによって成った二神、宇麻志阿斯訶備比古遅《ウマシアシカビヒコヂ》神・天之《アメノ》常立《トコタチ》神について、前者は、ウマシは美称、ヒコは男を称えていい、ヂも男の尊称、つまり、葦牙によってなった男神と解かれ〔一三九〕、後者は、「常立」は文字を借りただけで、トコはソコと通じ、至りきわまったところをいうのであって、「其物の漸に騰て、騰り極れるところに生坐けむ」（萌え騰ったものが至りきわまったところに成った）神ということだと解されます〔一四〇〕。この解釈によれば、天之常立神のほうが上方に位置するはずですが、『古事記』では、宇麻志阿斯訶備比古遅神―天之常立神の順であることについて、天は下から上へ萌え騰って成ったのだから、宇麻志阿斯訶備比古遅神は先に成って位置は下、天之常立神は、位置は上だが後に成った神として、成った順にあげるのだとします。『日本書紀』第六の一書に、これと逆の順になっているのは、上に成ったのを先に、下に成ったのを後にあげるのだと、違いにも留意して説明は周到です。

その上で、天之常立神までの五神を、「別天つ神」とすることを、「天上に成坐るをば、別《コト》なる神として、分たるもの」〔一四一〕であり、その「別なる」ことは、『日本書紀』本書、第一、第二、第三、第五の一書など、『日本書紀』のおおくがこの五神にふれないことに明確だとします。『日本書紀』は、国之常立以下国に成った神だけをいって、天上に成った神は省いたのだ（「国土の方に成坐る神をのみ申伝て、天上に成坐るをば、別なる神として、略きたる物なり」〔一四一〕）というのです。国之常立神以下が、国になった神であり、天つ神ではないということは、こうして、『日本書紀』を見合わせてより強固なものとなります。

その国之《クニノ》常立《トコタチ》神は、「常立」はやはり借りただけであり、天之常立に準じて見るべきだといって〔一四二〕、地と成るべきものによって、その至りきわまったところに成った神とします。豊雲野《トヨクモヌ》神の、トヨは称辞、クモはものの集り凝る意と初めてきざす意とを兼ねた言、ヌは沼の意。したがって、クモは「国土となるべき初芽《ハジメキザシ》」をいい、ヌはそのきざした物をさす、なぜなら「彼国土になるべき物は、潮に泥の淆りたる物」だからといいます〔一四四〕。地となるべきものにおいて成る神として、全体把握と整合的に理解されます。

その整合は、男女神の名義の解釈にもつらぬかれます。宇比地邇《ウヒヂニ》上神・須比智邇《スヒヂニ》去神については、『日本書紀』本書が、「渥土煮尊」「沙土煮尊」と書いて、それぞれ訓注に「渥土、此をば于毗尼《ウヒヂ》と云ふ」「沙土、此をば須毗尼と云ふ」とあることをもって、ウは泥であり、スは水と分れた土と解し、ウヒヂは浮脂の如きものが潮と土と混じって分かれざることをいい、スヒヂはその潮と土とがだんだん分かれたことをいうとします〔一四六〕。

しかし、角杙《ツヌグヒ》神・活杙《イクグヒ》神になるとすこし異なる方向があらわれます。二神の名の「杙」は文字を借りただけであり、クヒはものの初めてきざしなる意で、ツヌグヒは「神の御形の生初《ナリソメ》たまへる由なり」、イクグヒは「生活《イキハタラ》動き初る由」の名だといいます〔一四八〕。神のかたちがあらわれ、動きはじめたことをいう名だとするのです。国土の初めを語るなかに、神の初めを語ることを見ようとすることに注意してください。

意富斗能地《オホトノヂ》神・大斗乃弁《オホトノベ》神は、また国土の初めをいうものとして解されます。オホは称辞で、トは処の意、ヂはヒコヂのヂとおなじく男の尊称、べは女の尊称だから、この二神の名は、地と成るべき物が凝り、国処がなったことを、男女の尊称をつけていったとされます〔一四九〕。淤母陀琉《オモダル》神・阿夜上訶志古泥《アヤカシコネ》神は、神の御面が不足なく整い（オモダル）、それを見ると畏れおおく敬われる（アヤカシコネ）という意をもつ名だとします〔一四九～一五〇〕。これは神の始めを見るものです。神の形の完成と賛嘆ということになります。

こうして豊雲野神から訶志古泥神まで、国土のはじめを表象する神（豊雲野神、宇比地邇上神・須比智邇去神、意富斗能地神・大斗乃弁神）と、神のはじめをいう神（角杙神・活杙神、淤母陀琉神・阿夜上訶志古泥神）とがいりまじっているととらえるのです。伊邪那岐神・伊邪那美神は、交わって国土を生み成さんとして互いに誘うことを意味する名（イザは誘うことば、ギ・ミは男女を示す）であり〔一五一〕、地と成るべきものが地となることをはたす神ということになります。

国土がまだできていないなかに、国をつくることをになう神もまたかたちを備えてくることを、その名が表象するものとして見るということにほかなりません。

神名の理解は積み上げられて、すみずみまで注意を行き届かせ（『日本書紀』の参照のしかた、宇麻志阿斯訶備比古遅神・天之常立神の順序、天之御中主神～天之常立神の最初の五神をめぐる『古事記』『日本書紀』の相違などに示された周到な注意を見てください）、一貫した、整合的な全体把握（世界の物語というのがふさわしいとあらためていいましょう）となるのです。それが、神名の列挙のような冒頭部を読む『古事記伝』の読みかたでした。

学ぶべきもの

全体の文脈を読みとおそうとするその態度に学ぶべきものがおおくあるように思われます。

近代の論議に欠けていたものがそこにあるからです。たとえば、筑摩書房版全集の『古事記伝』の校訂を担当した大野晋が、この冒頭部を論じた「記紀の創世神話の構成」（『文学』一九六五年八月号）のようなものに出会うと、それをつよく感じます。この論文は、筑摩書房版全集第九巻『古事記伝』一（一九六八年）の補注に組み込まれました（五二八〜五四〇ページ）から、この補注によって見ることとします。

大野は冒頭の神名を次のように表にします。

①アメノミナカヌシ		（中央）	ⓐ
②タカミムスヒ		（生成力）	ⓐ
③カムムスヒ		（生成力）	ⓐ
（④ウキアブラノゴトクタダヨフ）		（混沌浮動）	ⓑ
⑤アシカビ	ヒコヂ	（生命の発現）	ⓑ
⑥アメノトコタチ		（土台出現）	ⓑ
⑦クニノトコタチ		（土台出現）	ⓒ
⑧トヨクモノ		（混沌浮動）	ⓒ
⑨ウヒヂニ	スヒヂニ	（ドロ）	ⓒ
⑩ツノクヒ	イククヒ	（生命の発現）	ⓒ

（①〜③ 3、①〜⑥ 5、①〜⑧ 7、⑦以下 7）

「5
⑪オホトノヂ　オホトノベ　（男女）
⑫オモダル　アヤカシコネ　（会話）
⑬イザナキ　イザナミ　（誘）
ⓓ

「神世七代」をはじめとして、神々が三・五・七という中国的な陽数の概念によって整理されているのを取り払って、元来のありように神名からせまろうというものです。ただ、神の名ではないものがはいり込んでいます。「④ウキアブラノゴトクタダヨフ」は、神として取り扱われてはいないが、「記紀の創世神話においては重要な役割を果す観念であるから、神の名に準じて」あつかうというのです。神々の区分（グループ分け）にかんしては、まず最初の三神（a）は「思弁的、観想的な神々」で「後から添加された」といわれることに同調し、アメノトコタチまでを一区切り（b）としたうえで、対偶神のうちウヒヂニ・スヒヂニ、ツノクヒ・イククヒには明確な男女の対立は語義には認めがたいということで、ここで区切ります（c）。男女の対立が語義のうえで明確なものが、もうひとつのグループdとなります。

　大野は、これらにあって、bとcとが「極めて近似する」ことに注意し、「日本の古い世界生成神話においては、混沌浮動、土台（大地）出現、ドロ、生命の発現という四要素」を見るべきだとみちびきます。さらに、『日本書紀』本書、一書の冒頭もやはりおなじ四つの要素を具えることが認められるとし、そこに世界生成神話の「原形」を見ようとしたのです。

『古事記』の冒頭部から、ふるい世界生成神話を探るこころみですが、神でないものを神としてあつかったり、対偶神を途中で分けたり、語義によるという建前があるとはいえ、恣意的なところがあります。こうした論議が意味のあるものか、うたがわしいというしかありません。

なにより、『古事記伝』が、『古事記』に即して読もうとするのとは全く違う態度です。そうしたものが『古事記伝』の補注につけられているというのは皮肉な光景です。『古事記伝』からなにをうけとめるのか、学ぶべきものを考えもしないまま、校訂し、埒もない補注をつけたのかと、『古事記伝』のために悲しくなります。

繰り返しになりますが、学ぶべきものは、世界の物語としての全体において読むという態度です。わたしは、その態度に学びつつ、天地が既に成り、高天原に神々が登場することから語るものとして読むべきだといいましたが、その神々が『古事記』自身によって条件をあたえられていることに注意されます。天之御中主神以下三神は「独神隠身」、宇麻志阿斯訶備比古遅神・天之常立神も「独神隠身」、国之常立神・豊雲野神も「独神隠身」、宇比地邇上神・須比智邇去神から伊邪那岐神・伊邪那美神までは「双《ナラ》びます十神《トバシラ》」です。大野のように、勝手な条件を自分で設定して読むことは、『古事記』を読むことではありません。

「隠身」にたいして、十神はそうでないものとして、身においてはたらく神だと受け取られます。伊邪那岐神・伊邪那美神は、自分たちの身のことに言及しながら交わって生むことが想起されます。次の章になりますが、其の妹伊邪那美命に、「汝が身は如何に成れる」と問ひたまへば、「吾身は成り成りて成り合はざる処一処在り」と答曰《マヲ》したまひき。伊邪那岐命詔りたまひつらく、「我が身は成り成りて成り余れる処一処在り。故、此の吾が身の成り余れる処を、汝が身の成り合はざる処に刺し塞《フタ》ぎて、国生み成さむと為《オモ》ふは奈何《イカ》に」とのりたまへば、伊邪那美命「然善けむ」と答曰《マヲ》したまひき。

とあります。解説の必要もありませんが、「身」ということばがくりかえしあらわれることを注意したいのです。「身」においてはたらく神として伊邪那岐神・伊邪那美神をみるならば、対をなす「双」える神は、やはり「身」の問題として読むのが正当です。

さきに、『古事記伝』が、これらの神々に、国土の初めを語るなかに神の初めを語ることを見ようとしたのだと述べましたが、そのことが生かされるべきです。つまり、男女の身を成す伊邪那岐神・伊邪那美神の身体形成の過程として、宇比地邇上神・須比智邇去神は泥・砂のイメージをもって神の原質を示し、角杙神・活杙神は宣長のいうように「神の御形の生初たまへる由」（神の身のかたちのはじまり）をいい、意富斗能地神・大斗乃弁神は神が性的部位を備えたことをいいます（トが性的部位を意味することは平田篤胤『古史伝』の説くところです）。淤母陀琉神・阿夜上訶志古泥神が、身体の完備とそれに対する畏敬とをいい、身の成った伊邪那岐神・伊邪那美神は誘い合う男女として国を生むのです（この名の意義も、やはり宣長が解したのにしたがうこととなります）。この冒頭の解釈全体については、小著『古事記と日本書紀』（講談社現代新書、一九九九年）に述べたところを読んでいただきたいと思います。

『古事記伝』の態度にまなび、その解釈の徹底にまなびつつ、継承できることが小さくないのだと思うことです。

3、『古事記伝』四之巻・神代二之巻——淤能碁呂島《おのごろじま》、水蛭子《ひるご》、淡島《あわしま》

淤能碁呂島・水蛭子・淡島

この巻では伊邪那岐命・伊邪那美命による国生みにいたるまでをあつかいます。二神が天神の命を受けて淤能碁呂《オノゴロ》島に降り、柱のまわりを廻って交わり水蛭子《ヒルゴ》、淡島《アハシマ》を生みますが、それが失敗だったということで、あらためて天神の指示を受けてやり直すという件です（そのあとに国生みとなります）。この部分も本文の分量はあまりおおくないので、まず、『古事記』本文を掲げましょう。

［一］是に天神諸の命以て、伊邪那岐命伊邪那美命二柱の神に、「是のただよへる国を修理《ツク》り固め成せ」と詔《ノ》りごちて、天《アマ》の沼矛《ヌボコ》を賜ひて、言依《コトヨ》さし賜ひき。故、二柱の神、天の浮橋に立たして、其の沼矛を指し下して画きたまへば、塩こをろこをろに画き鳴《ナ》して、引き上げたまふ時に、其の矛の末《サキ》より垂落《シタダ》る塩、累積《ツモ》りて嶋と成る。是れ淤能碁呂嶋なり。

［二］其の嶋に天降《アモ》り坐《マ》して、天《アメ》の御柱を見立て、八尋殿《ヤヒロドノ》を見立てたまひき。是に其の妹伊邪那美命に、「汝が身は如何に成れる」と問ひたまへば、「吾が身は成り成りて成り合はざる処一処在り」と答曰《マヲ》したまひき。伊邪那岐命詔りたまひつらく、「我が身は成り成りて成り余れる処一処在り。故、此の吾が身の成り余れる処を、汝が身の成り合はざる処に刺し塞《フタ》ぎて、国生み成さむと為《オモ》ふは奈何《イカ》に」とのりたまへば、伊邪那美命「然善けむ」と答曰《マヲ》したまひき。爾《ココ》に伊邪那岐命、「然らば吾と汝と是の天の御柱を行き廻り逢ひて、みとのまぐは

ひ為む」と詔りたまひき。如此云ひ期りて、乃ち「汝は右より廻り逢へ、我は左より廻り逢はむ」と詔りたまひ、約り竟へて廻ります時に、伊邪那美命先づ「あなにやし、えをとこを」と言《ノ》りたまひ、後に伊邪那岐命「あなにやし、えをとめを」と言りたまひき。各言りたまひ竟へてのちに、其の妹に「女人《ヲミナ》言先だちて良《フサ》はず」と曰りたまひき。然れどもくみどに興して、子《ミコ》水蛭子《ヒルゴ》を生みたまひき。此の子は葦船に入れて流し去《ス》てつ。次に淡嶋を生みたまひき。是も子の例《カズ》には入らず。

[三]是に二柱の神議《ハカリ》云たまひつらく、「今吾が生めりし子良はず。猶天つ神の御所《ミモト》に白《マヲ》すべし」とのりたまひて、即ち共に参上りて、天神の命を請ひたまひき。爾に天神の命以て、ふとまにに卜相《ウラヘ》て詔りたまひつらく、「女言先だちしによりて良はず。亦還り降りて改め言へ」とのりたまひき。

『古事記伝』四之巻・神代二之巻——淤能碁呂島、水蛭子、淡島

こうして『古事記伝』が三段に分けたところは、標題をつけるとすれば、第一段淤能碁呂島、第二段結婚と水蛭子・淡島の出生、第三段天神の指示、となるでしょう。話の展開で区切る、わかりやすい段落のたてかたです。(傍線をつけた「良はず」についてはあとで取り上げます。)

高天原に上り降る伊邪那岐命・伊邪那美命

第一段は、伊邪那岐命・伊邪那美命の二神が、天神の命を受けるところからはじまります。二神

は、先に見たように、地と成るべきもの（萌え騰がって天と成ったあとにのこりとどまったもの）に成った神と見るのですから、天神ととらえるのではありません。その二神が天神の命を受けるには天に上ると読むことになります。

このことについて、『古事記伝』は、第二段の冒頭の「天降り坐して」につぎのような注をつけています。

> 抑此二柱大神は、高天原に生《ナリ》坐る神には非れば、今初て天降坐にはあらず、初天神の大命を承り賜ふとして、参上《マヰノボ》り坐るが、降りたまふなり、（然るにその参上り坐しことを初に云ざるは、其事はさしも要なければ、省て語り伝たるなるべし、書紀の伝には、天神の大命を承りたまへることをさへに、省きたるをや、或人疑て云く、若《モシ》初に高天原に参上り賜へるが降たまふならば、下文にも反降《カヘリクダリ》とある如く、此も反降と云べきにあらずや、答、初に参上り坐し時は、いまだ淤能碁呂嶋は無き時なれば、於其嶋反とは云べきにあらず、）〔一六六〕

大意はこういうことです。「この二神は高天原に成った神ではないからいまはじめて天降ったというのではない（もとより地の側にいた）。天神の命を受けるために天に上って降ったのだが、上ったことはいう必要がないから省いたのだ。或る人が、もし天に上って降るのならば、後の文にもあるように反り降るとあるべきではないかと疑ったが、これに答えれば、はじめに参上した時にはまだ淤能碁呂島はないのだから、その島に反るとはいえないということだ。」

論議は細かいのですが、第三段に、最初うまくいかなかったことについて伊邪那岐命・伊邪那美命が天に「参上」って天神の命を請うたとあります。そして、天神は、女が先に呼び掛けたから結果がよくなかったのだといい、「還り降りて」改め言えと指示し、二神はまた降ったとあります。

最初に命を受けるために上って、淤能碁呂島に降ったというのなら、ただ、「天降り坐して」というのではなく、「反り降る」とあるべきではないかと、「或人」の問うのはもっともだといえます。これに対して、もとのところに降るのを「反降」というのであって、上った時はまだ淤能碁呂島ができていないのだから、「反り降」るとはいえないと答えます。強引なようですが筋の通った言い分です。

天の浮橋

伊邪那岐命・伊邪那美命に対する天神の命は、「是のただよへる国を修理《ツクリ》固成《カタメナ》せ」というものでした。そして「天の沼矛」を与えます。これを、宣長は、『日本書紀』に「天之瓊矛」とあるから、「沼」はヌを記すのに字を借りただけで、ヌは「瓊」すなわち玉の意とし、「沼矛」は「玉桙と云如く、玉以て飾れる矛なるべし」と解します〔一六〇〕。その矛を「天の浮橋」に立ってさし下ろすのですが、「天の浮橋」は「天と地との間を、神たちの昇降り通ひ賜ふ路にかゝれる橋」で、空にかかっているから「浮橋」というのであろうといいます〔一六一〕。

「天の浮橋」については、『古事記』のなかで、もう一つの場面、天孫降臨のくだりで、天忍穂耳《アメノオシホミミ》命と邇々芸《ニニギ》命が「天の浮橋」に立ったとあること（二例あります）がただちに想起されます。なかでも、邇々芸命の天孫降臨は「天の浮橋にうきじまりそりたたして筑紫の日向の高千穂のくじふるたけに天降りましき」といわれます。邇々芸命は、「天の浮橋」を通じて天降ったのであり、それは日向の高千穂につながる橋だということになります。それもふくめて見なければなりません。ここの「天の浮橋」は淡路島の近くの淤能碁呂島に通じるということ（仁徳天皇が淡路島にあって歌った歌や、「日本紀私記」「神代巻口決（訣）」を引いて、淤能碁呂島は淡路島の近くにあると認めています。〔一六四〕）と、天孫降臨のそれは日向にかかわるということとを、『古事記伝』は、そのままにしてやりすごすことはしません。

その整合のために、『古事記伝』は、『丹後国風土記』（逸文）の「天の梯立」の話――国生みの大神伊射奈芸命《イザナギ》が天に通おうとして作った橋が、神が寝ている間に倒れ伏してしまったとあります――、『播磨国風土記』賀古郡益気里の「八十橋」の話――この里に石の橋があって、上古には、この橋が天に通じていて大勢のひとが上り下って往来したので、八十橋というとあります――までひろく見ながら、神代にはあちこちに天と行き来する橋があったのであろう（「天に昇降る橋、此所彼所にぞありけむ」〔一六二〕）といって納得しようとします。

「天の浮橋」とは何であるかをめぐっては、新井白石の船説、アストンの虹説等諸説があります。しかし、宣長にとって重要なのはそういうことではなく、『古事記』の二つの場面の「天の浮橋」（淡路島と日向）をどう整合できるかということなのでした。その問題感覚は尊重されるべきです。現在の注釈を見ると、倉野憲司『古事記全註釈』は、「神が天上から地上に降る場合にのみ現はれてゐて」降るときのものであって、昇るものではないといいます（新編日本古典文学全集もこれをうけています）。そのことは見逃してはならないポイントです。ただ、『古事記全註釈』や現在の諸注釈には、二つの場面の「天の浮橋」をひとつにはしてしまえないという、宣長のもったこだわりのあとはありません。それは、忘れてはならないものではなかったかと、新編日本古典文学全集の注を担当したものとしてふりかえることです。

矛を指し下ろすところ

さて、どこに矛を指し下ろしたのか。天神の命に「是のただよへる国」とあります。それは「正しく初段に、国稚如浮脂而、とある物を指て詔へる」のであり、「天之御中主神より此二柱神までは、さしつゞきて次第に同時に成坐て、此時も即かの国稚如浮脂而漂蕩る時」（一五九）なのであって、「かの虚空《オホソラ》中に如浮脂たゞよへる、一屯《ヒトムラ》の物の中へ指下したまふなり」（一六二）となります。萌え騰がって天となり、のこりとどまった物に成った神が天に上って矛を指し下ろすという文脈として、それが当然の理解です。そして、ここでも、『日本書紀』がその補強となります。第四段の第四の一書に、

伊奘諾・伊奘冉、二の神、相謂曰《アヒカタラヒタマ》はく、「物有りて浮膏の若し。其の中に蓋し国有らむや」とのたまひて、乃ち天瓊矛を以て、探りて一の嶋を成す。名けて磤馭慮嶋《オノゴロシマ》と曰ふ。

とあるのをあげて、「以て知べし」といいます（一六二）。浮脂のごときものに指し下ろすことは、こ

の一書では明らかです。ただ、『古事記』が「かく」というのと、『日本書紀』が「探る」というのとは違いますが、そのことも『古事記伝』は注意深く留保しています（一六二）。「かく」の原文「画」は借りただけであり、かきまわすの意の「かく」だとし（一六二）、「かく」ことによって島を得るのは、地と成るべきものを「かく」からだというのです。

前章で、天と成るべき物と地となるべき物とが未だ分れずまじっているのが浮脂のごときものだとすることを見ましたが（本書三一〜三三ページ）、それを補足して、問答のかたちで、つぎのようにありました。

又問、地となるべき物は何物なりしぞ、答、潮に涅の淆りて濁れる物なりき、此は下に、女男大神指下沼矛以画者、塩許々袁々呂々邇云々と見え、書紀にも、以天之瓊矛指下而探之、是獲滄溟、とあるを以て知べし、（一三六）

ちゃんと前置きがあったのです。これと見合わせて、矛を指し下ろしたところは地と成るべきものであり、泥のまじった潮だから、それをかきまわすことによって凝ったものが島となるのだと見ることがわかります。

さきにあげた『古事記全註釈』は、冒頭の「天地初発之時」から三神出現にいたるまでを、「序文に「乾坤初分、参神作造化之首」とあるのとまさしく一致してゐる」として（そのような読みを『古事記伝』が排斥したことは前章で見たとおりです）、「天地初発之時」を「天地初めて発《ヒラ》けし時に」と訓み、「ただよへる」ものは「国土が固まらずに海上に漂つてゐたと思惟したと見る」のが自然だと説きます。そうして、ヌホコは「海中に指し下ろした」のであり、「潮」は海水だととることになりました。しかし、これに対して、宣長は問い返すでしょう。海水をかきまわしたところで島ができるか、海水のしたたりが積もって島となるのか、と。『古事記全註釈』に、その明確な説明はありません。説明の必要の自覚もないのかもしれません。

『古事記伝』は、島となる所以として、「こをろこをろに」は、かきまわすに従って「潮の漸々に凝ゆく状」(泥のまじった潮がだんだんに凝固してゆくさま)であり、「画鳴《カキナス》」の「鳴」は借字で「成」の意、「稍凝たる物に成なり」(ややかたまったものと成す)が「画鳴」の意だとして、文脈理解は明確です。それを「膏《アブラ》などを煮かたむるに、始のほどは水の如くなるを、匕《カヒ》もて迦伎《カキ》めぐらせば、漸々《ヤウヤウ》に凝もてゆくが如し」〔一六二〕と、膏を煮かためる例までもちだしてわかりやすく説明するのです。そして、膏はそうだとしても泥のまじった潮が凝固することなどどうかきまわしてもありうるか、という疑問も常識的にでてくるであろうと予測したうえで、

此は産巣日神の産霊によりて、国土の初まるべき、神の御為《ミシワザ》なれば、今尋常《ヨノツネ》の小理を以て、左《カ》に右《カク》に測云べきにあらず、今はたゞ其状《サマ》をたとへていへるのみなり、〔一六二〕

といいます。現代語訳すれば、「これは産巣日神の霊力によって、国土がはじまるという神のしわざであるから、わたしたちのもつ尋常の理であれこれ推測していうべきものではない。膏を煮てかため

るというのは、ただその有様のたとえとしてだしたにすぎない」となります。神のしわざだから測り知れないのだといって、常識的な疑問（「尋常の小理」）を封じ、膏のことはたとえにすぎないというのは実に周到です。

柱と殿

第二段は、二神が淤能碁呂島に降って結婚することを語ります。

『古事記』には、二神は、降って「天の御柱」を「見立て」、「八尋殿」を「見立て」たとあります。その柱と殿が問題です。

『古事記伝』は、柱―殿は別なものではなく、結婚の準備として、柱をたてて御殿をみずから建てる（「見立て」の「見」は「其事を身に受て、己が任として、知行ふ」をいうのであって、「此も、此御柱を立、殿を造ることに、御親与り《ミツカラ》所知看義《シロスメスココロ》なり」〔一六七〕と解しました。八尋殿は妻問いのための家であり、結婚のためにまず家を建てるというのです。須佐之男命の須賀宮のことともに、『万葉集』巻三の山部赤人の勝鹿真間娘子の歌（四三一歌）に「廬屋立て妻問ひしけむ」とあることをあげてそのことを確認します。そしてその殿をつくるのにまず柱をいうのだと、「底津石根に宮柱布刀斯理など、古の常なり」と、祝詞などに見える成句をもちだします〔一六六～一六八〕。

柱と殿とは別に立てられたとするのが、現在の注釈の主流です（倉野憲司『古事記全註釈』、新潮日本古典集成、新編日本古典文学全集等）。柱と殿とを別なものでなく見ようという『古事記伝』の立場も、それはそれで明快です。ただ、その柱の素材、殿の素材はどこから得られたのかと問いたくなります。宣長自身、いま、国土もなく、何もないと考えているのですが、素材の調達についてはふれることがありません。

ちなみに、平田篤胤『古史伝』は「是時いまだ樹は無りしかば、神の御所為にて、化作《ナシタテ》賜へると云意」といいます。『日本書紀』第四段の第一の一書に「二の神、彼の嶋に降り居して、八尋之殿を化《ミ》作《タ》つ。又天柱を化竪《ミタ》つ」とある「化作」とおなじだということで整合しようとします。化生《ケシヨウ》、つまり、胎生（母体から生まれる）、卵生（卵から生まれる）、湿生（水のなかに発生する）と違って、なにもない所に生まれることをいうときの「化」とおなじく、なにもないところに出現させるというのが「化作」です。篤胤のように見ると、わかりやすくなるといえるかもしれません。ただ、宣長は、「書紀に、化作化竪など書れたる、化字はいと心得ず、決《キハメ》て此字の意にはあらず」〔一六七〕と、そうした理解を否定しています。神のしわざとして、柱や殿の素材などいうにおよばないということで、これも「尋常の小理」をもってあれこれいうべきではないということなのでしょう。

結婚に際して、柱のまわりを廻って声を掛け合うのは「上代の大礼《オモキミワザ》と見えたり」といいます〔一七二〕。それには深い「ことわり」があるはずだが、それは伝えがないから測り知ることはできないともいいます。そういいながらも、なお柱にこだわってゆきます。

されどこゝろみに強ていはば、まづ女男交合《マグハヒ》の状《サマ》、男は上に在て天の如く、舎《イヘ》にては、屋の覆ふが如し、女は下に在て地の載るが如く、舎にては床の如くなるを、柱はその中間《アヒダ》に立て、上下を固め持つ物なれば、夫婦の間を固め持つ理にやあらむ、〔一七一〕

というのです。この文意はあきらかで、解説の必要はないでしょう。強引といえば強引ですが、事がらだけを見るのではすませられない、「ことわり」をもとめねばやまないというこだわりかたに注意されます。

「女男の理」と御子の「不良」

第二段、三段では、二神の結婚と、その結果得られた水蛭子、淡島が問題となります。ここには三度「良《フサ》はず」（原文「不良」）が繰り返されます。はじめに引いた本文に傍線をつけたとおりです。そこにおいて、なにを「不良」だと考え、「不良」をどう訓もうとしたのか、『古事記伝』のこだわりかたに宣長らしさがうかがわれるとともに、『古事記伝』の本質がかいま見られます。

話の筋をたどって見てゆくと（三箇所、原文のままにしましたが、あとの説明のためです）こうです。二神は柱を廻って声を掛け合います。まず女神から、「あなにやし　えをとこを」といい、後に男神が「あなにやし　えをとめを」といいます。それぞれがいいおえた後、伊邪那岐命は「a女人先言不良」といいながらも、交わって水蛭子を生んだのですが、この子は葦船に入れて流してしまいます。次に淡嶋を生みましたが、これもまた子のなかにはかぞえません。二神は相談して、生んだ子が「b不良」だから天神のもとに申し上げようといって、天に参上し、天神の命をもとめます。天神の仰せでトって、「c因女先言而不良」といい、還り降って改めていえと命じられます。

『古事記』は、女神がさきに声をかけたこと（「女人先言」「女先言」）に問題があるというのです。

宣長は、それを、「女男《メヲ》の理《コトワリ》」として見ようとします。あらわれたことがらに「ことわり」をもとめねばやまないのです。その「女男の理」とは、

そのかみ宇比地邇神須比地邇神より始て、次々女男並坐神《ナラビマス》、皆男神先成坐て、女神は次に成坐る、是天地の始より、女は男に後れて、従ふべき理にて、今に至るまでおのづから然なり、(一八三)

というものです。男が先で女が後だというだけのことです。

そして、『古事記伝』は、女神がさきに声をかけたことは「理」に反して「不良」だと男神がいう、それがaの「不良」であり、b、cが、得た御子が悪いのを「不良」という(「此御子御心に叶はざりし故に、悪《ニク》みて、不良と詔へり」〔一八三〕)のと、ことばはおなじでも、別のことをいうのだと区別します。

女神が先に声をかけたことを「不良」としながら、よくない子を生むとは思いもかけず、交わって子を生んだ、そういうものとして見ないと、話の展開が納得できないということなのです。それを、

A是は彼女神の先言たまひし故に如此ぞとまでは、猶得さとり賜はず、いふかしさに、天神の御許に参上て、其状を申したまひ、不良子の生れつるは、如何なる故にか、なほ如何為て吉からむと、命を請賜へるに、天神たちも猶、御心とは定め賜はず、布斗麻邇《フトマニ》にしも卜相《ウラヘ》たまひてぞ、其

故とはしられたりける、〔一八三〕

B不良御子生ませる由緒《ユエ》は、天神たちの御心にすら、たやすくは定め不得《カネ》て、卜へたまへるものを、其故としられて後こそ、女先言しが不良と、御子の不良と、貫て一なれ、いまだ其由緒のしられぬ前は、彼は彼是は是にて、二なれば、彼不良を所知めしながらも、是不良御子生坐むとは、おもほしかけずて、御合坐しなり、〔一八三〕

と解説します。Aの大意は「女神が先に声をかけたからよくない子が生まれたとはわからず、天神のもとに参上し、よくない子がうまれたのはどういうわけか、どうしたらよいかと、指示をもとめたが、天神自身も判断できず、うらなって、その故だと知ったのだ」となり、Bの大意は、「なぜ生んだ子がよくないかということは、二神はもちろん、天神たちにもたやすくはわからなかったから、うらなったのだ。うらなって、その理由がわかった後でこそ、ふたつのことはひとつの問題だが、その理由がわかる前は、それぞれ別個であって、女神が先に声をかけたのがよくないと知っていても、よくない御子を生むとは思わず交わったのだ」となります。しつこいくらい丁寧なこの解説によって、こだわりかたはよくわかります。

「不良」の訓みの決定

この三箇所の「不良」を、宣長は、フサハズと訓みました。その訓みの決定のしかたが注目されます。

三つの候補をあげ、それぞれの根拠を示してゆくのですが、その一はヨカラズです。文字にそくした訓みでもあり、宣命（第七詔）の例もあって古語でもあるといってまずあげます。さらに、「又書紀に此を不祥と作《カカ》れたるを、私記に、案古事記云余訶良受《ヨカラズ》とあれば、昔も然訓しならむ」（一七六）と、「私記」を引いて補強します。『日本書紀』の「不祥」というのは、第四段本書のおなじ場面で、陽神が悦ばず、「如何ぞ婦人にして、反りて言先つや。事既に不祥」とあるもののことです。その「不祥」について、『釈日本紀』「秘訓」一に、

私記に曰く。問ふ。此の読み、説々有り、如何。答。師説、サカナシと読む。安氏説サイハヒナシ。古事記を案ずるにヨカラスと云ふ。

とあります。それは『古事記』に「不良」とあるのを、字面のままに読んだだけかもしれませんが、そうした訓みが平安時代におこなわれていたという証にできます。

その二はサガナシです。さきの「不祥」について「私記」の「師説」の読みはサガナシでした。「自然然《オノヅカラ》有べきさまに背き違へるを云て、是も古語と見ゆ」（一七六）といい、『日本書紀』の古訓に見える、「不良」＝サガナシの例もあげて補強します。

その三はフサハズです。八千矛神の歌に、着替えを繰り返していうなかに、「これはふさはず」「こもふさはず」といって最後に「こしよろし」とあることをあげて、「布佐波受《フサハズ》は宜《ヨロ》しの反《ウラ》にて、宜しからずと云なり」（一七七）といいます。問題なく古語ですが、宣長は、周到にも、『源氏物語』の注

釈書の『河海抄』にまで目配りしています。「花宴」巻に、

ふさはしからす　不祥日本紀

とある例をあげるのです。『河海抄』には、このように、和語に対して漢字をあててその意味によって語義を解するという体の注がきわめておおく見えます（吉森佳奈子「『仙源抄』の位置」、紫式部学会編『源氏物語とその享受』二〇〇五年によれば、約千七百例にのぼるといわれます）。『仙源抄』にも、

ふさはし。庶幾也。不祥（日本紀）。フサハシカラヌハ十分ニソキセヌ也。

とあって、「不祥」＝フサハシカラズは、『日本書紀』の和訓としておこなわれていたことが知られます。『日本書紀』には「不祥」は六例あります。『河海抄』のそれがどれの訓であったかは不明ですが、それはともあれ、宣長がいうように、「不祥」の古い訓であったことはたしかといえます。『源氏物語』の例も、八千矛神の歌とおなじく、「心にかなはぬことを云」と、意味の上でも適合すると念をおします。

三つの訓みについて、「古語」として、そのいずれでもありうるということを丁寧にたしかめているといえます。しかし、その決定は、

さて右の三をならべて今一度考るに、なほ布佐波受《フサハズ》と訓むぞまさりて聞ゆる、〔一七七〕

というのです。最後は「まさりて聞ゆる」なのです。決定は直観だということです。古語として実証的にもとめたものが正当ならば、最後は実証でなく宣長の直観に委ねられます。それが「古語」をもとめる『古事記伝』のありようなのです。そこにあるのは宣長によってたちあらわされる古語による「古事記」だというべきでしょう。より端的にいえば、『古事記伝』のつくる「古事記」なのです。

4、『古事記伝』五之巻・神代三之巻——国生み・神生み、伊邪那美命の死

国生み・神生み、伊邪那美命の死

伊邪那岐命・伊邪那美命は、かえり降って、あらためて柱を廻り、今度は男神がさきに声をかけて交わり、国を生み、神々を生むが、火の神を生んだために伊邪那美命は死んでしまう——、これがこの巻のあつかうところの概要です。要約すれば簡単ですが、神の名がおおく並べられるので分量はかなりおおくなります。

今回は『古事記』本文を全部引用することはできないので、省略するかたちで掲げます。前とおなじく、『古事記伝』の区切りにしたがい、段落を示しました。

［二］故爾《スナハ》ち反り降りまして、更に其《カ》の天の御柱を先の如往き廻りたまひき。是に伊邪那岐命、先づ「あなにやし、えをとこを」と言《ノ》りたまひ、後に妹伊邪那美命、「あなにやし、えをとめを」と言りたまひき。如此言りたまひ竟《ヲ》へて、御合《ミア》ひまして、子《ミコ》淡道《アハヂ》之《ノ》穂《ホ》之《ノ》狭《サ》別《ワケ》嶋を生みたまひき。次に伊予之二名嶋を生みたまふ。此の嶋は身一つにして、面四つ有り。面毎に名有り。故伊予国を愛《エ》上比《ヒ》売《メ》と謂ひ、讃岐国を飯依比古《イヒヨリヒコ》と謂ひ、粟国を大宜都比売《オホゲツヒメ》と謂ひ、土左国を建依別《タケヨリワケ》と謂ふ。次に隠伎《オキ》之《ノ》三子《ミツゴ》嶋を生みたまふ。亦の名は天之《アメノ》忍許呂《オシコロ》別《ワケ》。次に筑紫嶋を生みたまふ。此の嶋も身一つにして、面四つ有り。面毎に名有り。故筑紫国を白日《シラビ》別《ワケ》と謂ひ、豊国を豊日《トヨビ》別《ワケ》と謂ひ、肥国を建日《タケヒ》向日《ムカヒ》豊久《トヨク》士《ジ》比《ヒ》泥《ネ》別《ワケ》と謂ひ、熊曾国を建日《タケビ》

別《ワケ》と謂ふ。次に伊伎嶋を生みたまふ。亦の名は天比登都柱《アメヒトツバシラ》と謂ふ。次に津嶋を生みたまふ。亦の名は天之《アメノ》狭手《サデ》依比売《ヨリヒメ》と謂ふ。次に佐度嶋を生みたまふ。次に大倭豊秋津嶋《オホヤマトトヨアキツシマ》を生みたまふ。亦の名は天御虚空《アメミソラ》豊秋津根別《トヨアキヅネワケ》と謂ふ。故此の八嶋ぞ先づ生みませるくになるによりて、大八嶋国と謂ふ。

[二]然て後還り坐す時に、吉備児嶋《キビノコジマ》を生みたまふ。亦の名は建日方別《タケヒガタワケ》と謂ふ。次に小豆嶋を生みたまふ。亦の名は大野手《オホノデ》上比売《ヒメ》と謂ふ。次に大嶋を生みたまふ。亦の名は大多麻《オホタマ》上流《ル》別《ワケ》と謂ふ。次に女嶋を生みたまふ。亦の名は天一根と謂ふ。次に知訶嶋を生みたまふ。亦の名は天之《アメノ》忍男《オシヲ》と謂ふ。次に両児嶋を生みたまふ。亦の名は天両屋《アメフタヤ》と謂ふ。吉備児嶋より天両屋嶋まで幷せて六嶋。

ここまで国生みの部分を全文引用しました。この後、

[三]既に国を生み竟へて更に神を生みます。故生みませる神の名《ミナ》は大事忍男《オホコトオシヲ》神。次に石土毘古《イハツチビコ》神を生みまし、次に石巣比売《イハスヒメ》神を生みまし、次に大戸日別《オホトビワケ》神を生みまし、次に天之《アメノ》吹《フキ》上男《ヲ》神を生みまし、次に大屋毘古《オホヤビコ》神を生みまし、次に風木津別之忍男《カザゲツワケノオシヲ》神を生みまし、次に海の神名は大綿津見《オホワタツミ》神を生みまし、次に水戸の神名は速秋津日子《ハヤアキヅヒコ》神、次に妹速秋津比売《ハヤアキヅヒメ》神を生み

ましき。大事忍男神より秋津比売神まで幷せて十神《トバシラ》。
[四]此速秋津日子速秋津比売二神、河海に因りて持ち別けて、生みませる神の名は沫那芸《アワナギ》神。
（略）沫那芸神より国之久比奢母智神まで幷せて八神。
[五]次に風の神名は志那都比古《シナツヒコ》神を生みます。（略）志那都比古神より野椎まで幷せて四神。
[六]此大山津見神野椎神二神、山野に因りて持ち別けて、生みませる神の名は天之《アメノ》狭《サ》土《ヅチ》神。
（略）天之狭土神より大戸惑女神まで幷せて八神。
[七]次に生みませる神の名は鳥之《トリノ》石楠船《イハクスブネ》神。亦の名は天鳥船《アメノトリブネ》と謂《マヲ》す。（略）故伊邪那美神は、火の神を生みませるに因りて、遂に神避り坐しぬ。天鳥船より豊宇気毘売神まで幷せて八神。
凡て伊邪那岐伊邪那美二神共に生みませる嶋壱拾肆嶋。神参拾伍神。是は伊邪那美神未だ神避りまさざりし以前《サキ》に生みましつ。唯意能碁呂嶋のみは生みませるならず。亦蛭子と淡嶋とも子の例《カズ》に入らず。

と、神々を生んでゆきます（第四段以下は、神の名を列挙するところを省略しました）。第七段にいたって、火の神を生んだために伊邪那美命は死んでしまいますが、その後には、伊邪那岐神が嘆きつつ伊邪那美神を比婆山に葬ったこと（第八段）、伊邪那岐神が火の神迦具土神の頸を斬った御刀に因って神々が成ったこと（第九段）、殺された迦具土神の体に神々が成ったこと（第十段）がつづきます。五之巻があつかうのはここまでです。

計数の注と段落区分

『古事記伝』の段落はかなり細かくなっています。岩波文庫本ならば、「神々の生成」として第三段から第七段はひとまとめにし、第八、九、十段も「火神被殺」としてまとめてしまいます。注をつけるのに一区切りをあまり長くしないのが便宜ということもあるかも知れません。しかし、『古事記伝』には、それなりの原則がありました。見るとおりですが、計数の注（おおくが分注ですが、第七段の「凡て伊邪那岐伊邪那美二神共に生みませる嶋壱拾肆嶋。神参拾伍神」のように、分注でなく本文とおなじかたちのものもあります。本文注と呼ばれています）のところで区切るということです。計数注は本文注です。神の名を列挙するのですが、ただずらずらと名を挙げたのではまとまりがつけられません。そこに計数の注の役割があることを『古事記伝』は見ています。

第五段として、志那都比古神から野椎までの四神を一段とすることについて、

註に、幷四神とは、此前後の神等と一連《ヒトツヅキ》ならず、此は伊邪那岐伊邪那美大神の生坐る神なるを、他神等の中間《アヒダ》に挙たる故に、取分て結べるなり、上の速秋津比売の下に、幷十神といへるも是に同じ、〔二一二〕

とあります。「此前後の神等と一連ならず」というのは、第四段は速秋津日子速秋津比売が、第六段は大山津見神野椎神が、それぞれ河海、山野に別けて生んだのであって、伊邪那岐・伊邪那美二神が

生んだのではないということです。その出自の違う神があいだにはいっているので、区別を示してそれを取り分ける役目をもつ注だといいます。いわば文脈理解を明確にするためのものだというのです。計数の注を、名の列挙のなかで文脈理解の機能をもつものとして見ることが、『古事記伝』の段落区分のもとにあるのです。「此の八嶋ぞ先づ生みませるくになるによりて、大八嶋国と謂ふ」というのも、「大八嶋国」の名の由来を述べるとともに、八という、島の数をまとめる計数の注の役割をもつことはあきらかです。

注の役割の認識とともに段落を区切る態度に注意しておきます。

ただ、段落として、第一段については注の問題とは別な注意が必要です。前章で、伊邪那岐・伊邪那美二神が天神のもとに参上して改め言えという指示を受けるということを最後の一段としたのを思いおこしてください（本書五五ページ）。それを受けて、かえり降るところから、三之巻をはじめるのです。

女神がさきに声をかけたのがいけないとしてやりなおすことになりますが、そのやりなおしから新しい巻をおこすのであって、天神の指示までは前の巻につけるということです。現代の注釈では、二神が天に参上するところからあらたに語り起こすと見ることが行われています（岩波文庫本など）。これはこれでひとつの読みかたではありますが、どちらかといえば、失敗の決着までを見届けて区切りとする『古事記伝』のほうがわかりやすいと思います。

国を「生む」ということ

さて、国を生むことについて、二つの段にわける（第一、二段）のは、「大八嶋国」でいったんまとめると見るからです。こういう問答をおいています。

或人問けらく、次にもなほ生坐る嶋々はある物を、先八嶋を限て、国号とせるはいかにぞや、答ふ、上の八嶋は、次第に生廻《ウミメグリ》て、旋《メグ》り竟《ヲヘ》て、本の淤能碁呂嶋の方へ復《カヘ》りたまふまで、一周に生坐る故なり、其旨《ムネ》次の語に、還坐之時《カヘリマシシトキ》とあるにていちじるし、〔一九七〜一九八〕

問いは、この八島だけをもって国号とするのはどうしてかといいます。それに対して、すぐ後に「還り坐す」とあるのだから、一周して淤能碁呂島にもどったことはあきらかであり、ここまで生み廻ってきたのをまとめるのだと答えます。

「生み廻る」というのは、島の位置関係をあわせて説明することにかかっています。「淡道之穂之狭別嶋」は淡路島、「伊予之二名嶋」は四国、「隠伎之三子《ミツゴ》嶋」は隠岐島、「筑紫嶋」は九州、「伊伎嶋」は壱岐島、「津嶋」は対馬、「佐度嶋」は佐渡島、「大倭豊秋津嶋」は本州ですが、その順序と位置とをからめて、

まづ淤能碁呂嶋にして御合坐て、生始たまへる淡嶋は、彼嶋の近隣なり、次に淡路嶋、又その隣なり、さて西へ幸て、伊予之二名嶋、つぎに筑紫嶋と生まし、北へ折て伊伎嶋津嶋を生坐、東に廻て佐度嶋を生坐、南へかへりて大倭嶋を生坐るなり、〔一九七〕

と説明します。伊邪那岐・伊邪那美の二神が移動して生んだと見るのです。こうしてもどって本州を生んで、その後に生んだ島々も生み廻るといいます。「吉備児嶋」以下の島は、淤能碁呂島より西だから、またさらに西へ生みながらゆくというわけです。

そのとき予想される、ある意味では当然の疑問、人の子を生むように国土を生むということは信じがたい、これはその国々の神を生んだということではないか、あるいは、国々を巡って経営したことをこういいなしたのではないか、という問いに対しては、

此を疑ふは例のなまさかしらなる漢意にして、神の御所為《ミシワザ》の奇《クシ》く霊《アヤシ》くして、測りがたきをしらざるものなれば、論ふまでもあらず、（一〇二～一〇三）

と、神のしわざを「なまさかしら」をもっていうべきではないと封じます。男女として交わって生むこと自体は、「まぐはひ」とあるのだから疑う余地はない、『日本書紀』第四段本書に「淡路洲を以て胞とす」とあって人の子を産むように生んでいるというではないか（「みな人の子を産如くに、生たまへる故なるをや」〔一〇三〕）と念をおします。

ただ、そのなかで、天神が伊邪那岐・伊邪那美二神には「修理固成」と命じたのであって、生むといってはいないという点について、きちんと文脈的な説明をあたえようとしていることは見すごさないでおきたいと思います。

夜見段に男神の御言に、愛我那邇妹命、吾与汝所作之国、未作竟とあるは、既に産生はしたまひつれども、いまだうるはしく経営《ヲサメ》成竟たまはざるを詔へるなり、（経営成竟たまふは、大汝少名毘古那神のときなり、）又初の天神の大命は、漂蕩へる潮を固めて、先国土産べき基（淤能碁呂嶋なり、）を成より始めて、国土を産生て、うるはしく経営成固むるまでをかけて詔へるにて、都久流といふは広くして、産たまふことも其中に存るなり、〔二〇三〕

といいます。大意はこうです。「黄泉の段で、伊邪那岐神が、わがいとしい妻よ、わたしとお前とで作った国はまだ作りおえていない、というのは、生みはしたが、まだきちんとつくりおえていないことをいったのだ（つくりおえるのは大汝少名毘古那神のときだ）、また、はじめの天神の命令は、ただよっている潮を固めて、まず基となるもの（淤能碁呂島がそれだ）からはじめて、国土を生み、きちんとつくりあげるまでを命じたのであって、ツクルというのはひろく、生むこともその中にふくむのである」。

天神の命は、生むことからはじめて国土をつくりあげること（それを「経営」と宣長はいいます）だったが、伊邪那美神が死んで、生むだけにおわったというのです。大国主神の話（「大汝少名毘古那神のとき」というのは、大国主神＝大穴牟（大汝）遅神が少名毘古那神の協力を得て国作りすることをさしています）まで見わたして、国にかかわる全体的文脈のなかで、二神が生むことを位置づけます。天神の命の「修理」をツクルと訓み、生むことをふくむツクルとして、文脈を把握するものです。

国にかかわる話として、伊邪那岐・伊邪那美神から大国主神までの全体において読むということをはっきりと方向として示しているのです。このことをいまたしかめておきましょう（大国主神のところでまたふりかえることになります）。

大事忍男神以下を禊ぎの異伝として見る

国を生んで、つづいて神々を生むのですが、そのくだりは、神の名を列挙するだけです。それらは名の意味によって解釈してゆくことになりますが、特に注意されるのは、第三段の十神を、禊ぎによって成った神々（伊邪那岐命が黄泉からもどってけがれを洗い清めるときに成った神々）と同一視しようとすることです。

この十神のことを、禊ぎのくだりと、『日本書紀』第五段の第十の一書と、大祓の祝詞とを引き合わせて、

此十柱神は、もとかの御祓の時に成坐る神たちの、一伝なりしが、乱て此記には、彼所と此所とに重りし物なり、〔二〇四〕

といいます。「ここの十神は、もとは禊ぎのときに成った神々のひとつの伝えであったが、まぎれて、『古事記』では、禊ぎのところと、ここことに重ねて載せたのだ」というのです。この発言は、お

おきな問題をはらんでいます。宣長にしたがって見ながら、そのことをあきらかにしてゆきたいと思います。

まず、伊邪那岐命が禊ぎして神々が成る一節（A）はつぎのとおりです。

A是に「上つ瀬は瀬速し、下つ瀬は瀬弱し」と詔りごちたまひて、初めて中つ瀬に降りかづきて、滌《ソソ》ぎたまふ時に、成り坐せる神の名は、八十禍津日神。次に大禍津日神。此の二神は、其の穢《カ》き繁き国に到りましし時の汚垢《ケガレ》に因りて成りませる神なり。次に其の禍《マガ》を直さむとして成りませる神の名は、神直毘神。次に大直毘神。次に伊豆能売神。次に水底に滌ぎたまふ時に成りませる神の名は、底津綿上津見神。次に底筒之男命。中に滌ぎたまふ時に成りませる神の名は、中津綿上津見神。次に中筒之男命。水の上に滌ぎたまふ時に成りませる神の名は、上津綿上津見神。次に上筒之男命。

つぎに、『日本書紀』第五段の第十の一書（B）は、伊奘諾尊が伊奘冉尊の居るところに来たが、見るなといわれたのを破って見てしまい、離婚しようということから始まります。

B（前略）時に、直に黙して帰りたまはずして、盟《チカ》ひて曰はく、「族離《ウガラ》れなむ」とのたまふ。又曰はく、「族負けじ」とのたまふ。乃ち唾《ツバ》く神を、号《ナヅ》けて速玉之男と曰す。次に掃ふ神を、泉津事《ヨモツコト》解之男《サカノヲ》と号く。凡て二の神ます。其の妹と泉平坂に相闘ふに及りて、伊奘諾尊の曰はく、「始め族の為に悲び、思哀びけることは、是吾が怯きなりけり」とのたまふ。時に泉守道者《ヨモツチモリビト》白して云さく、「言有り。曰はく、『吾、汝と已に国を生みてき。奈何ぞ更に生かむことを求めむ。吾は此の国に留りて、共に去ぬべからず』とのたまふ」とまうす。是の時に、菊理媛《ククリヒメ》神、亦白す事有り。伊奘諾尊聞しめして善めたまふ。乃ち散去けぬ。但し親ら泉国を見たり。此既に不祥《サガナ》し。故、其の穢悪を濯ぎ除はむと欲して、乃ち往きて粟門《アハノミト》及び速吸名門《ハヤスヒナト》を見す。然るに、此の二の門、潮既に太だ急し。故、橘小門《タチバナノヲド》に還向《カヘ》りたまひて、払ひ濯ぎたまふ。時に、水に入りて、磐土命《イハツツ》を吹き生《ナ》す。水を出でて、大直日神を吹き生す。又入りて、底土命《ソコツツ》を吹き生す。出でて、大綾津日神を吹き生す。又入りて、赤土命《アカツツ》を吹き生す。出でて、大地海原の諸の神を吹き生す。

というのですが、「その妹と泉平坂に相闘ふ」ということに具体的にふれることもなく、菊理媛神のことばが示されることもなく、話としてよくわからないところが残る書き方です。念のためにいえば、『日本書紀』は、本書では伊奘冉尊が死なないのですから、禊ぎのことはありませんし、一書のうちでも、禊ぎの記事があるのは、この第十と第六とだけです（第六の一書についてはあとで見ます）。

もうひとつ、大祓の祝詞（C）は、『古事記伝』では、罪を祓うくだり（この祝詞の最後の部分）を引用します。

C（前略）遺る罪はあらじと祓へたまひ清めたまふ事を、高山・短山の末より、さくなだりに落ちたぎつ速川の瀬に坐す瀬織つひめといふ神、大海の原に持ち出でなむ。かく持ち出で往なば、荒塩の塩の八百道の、八塩道の塩の八百会に坐す速開つひめといふ神、持ちかか呑みてむ。かくかか呑みては、気吹戸に坐す気吹戸《イブキド》主《ヌシ》といふ神、根の国・底の国に気吹き放ちてむ。かく気吹ち放ちては、根の国・底の国に坐す速さすらひめといふ神、持ちさすらひ失ひてむ。（以下略）

とあります。

『古事記伝』は、これらを次のように引き合わせます。

大事忍男は、かの事解之男にあたり、石土毘古石巣比売は、上筒之男命又磐土命に、大戸日別は、大直日神に、天之吹男は、気吹戸主に、大屋毘古は、大綾津日神又大禍津日神に、風木津別は、底筒之男命又底土命又速佐須良比咩に、大綿津見は、三柱の綿津見神に、速秋津日子速秋津比売は、伊豆能売神又赤土命に、（祝詞には、やがて速開都比咩とあり、）あたれり、〔一〇四〕

さきの引用に傍線をつけておきましたが、一覧表にしてわかりやすくしましょう。

	A	B	C
大事忍男神		泉津事解之男	
石土毘古神石巣比売神	上筒之男命	磐土命	
大戸日別神	大直毘神	大直日神	
天之吹男神			気吹戸主神
大屋毘古神	大禍津日神	大綾津日神	
風木津別之忍男神	底筒之男命	底土命	速佐須良比咩
大綿津見神	三柱の綿津見神		
速秋津日子神速秋津比売神	伊豆能売神	赤土命	速開都比咩

同一認定の強引さ

同一だというその認定のしかたは強引です。

たとえば、大事忍男神＝事解之男神については、

> 此神の事解之男にあたれると云故は、まづ事解之男とは、女神男神族離たまふ方に就て、負せ奉し名なるを、其処の御言に、右に引るが如く、吾与汝已生国矣云々（略）とあれば、夫婦離賜ふも、既に大なる事業の成竟し故なれば、此の名は、其方に就て、大事と称しならむ、されば此二名、いひもてゆけば一意にあたれり、〔二〇四〕

とあります。「右に引るが如く」というのは、さきの引用Bのことです。事解之男神は「掃ふ神」とありましたが、「掃ふ」は、「解＝トケ」とおなじで関係を絶つことを意味すると考えます。そして、大事業を成し遂げたことによる夫婦別離だから（Bにおける伊奘冉尊のことば、「吾、汝と已に国を生みてき。奈何ぞ更に生かむことを求めむ。吾は此の国に留りて、共に去ぬべからず」は、そのようにうけ取ることもできますが）、大事業を遂げたことを「大事」忍男（忍男＝オシヲは称辞だとします）というのであって、結局はひとつに帰するというのです。それなりの筋をとおしているとはいえるでしょうが、強引な論法です。

また、石土毘《イハツチビ》古《コ》・石巣《イハス》比《ヒ》売《メ》神二柱が上筒之男《ウハツツノヲ》にあたることは、

　宇波《ウハ》と伊波《イハ》と通ひ豆都《ヅツ》と都知《ヅチ》と通へばなり、書紀に、塩土老翁を塩筒ともあり、（略）さて二柱を一柱にあつる由は、此記と書紀とを合せ見に、此には二柱なるが、彼には一柱なるたぐひ多し、（次なる速秋津日子速秋津比売、金山毘古金山毘売なども、書紀にはみな一柱づゝなり、又磐筒男命、一曰磐筒男命及磐筒女命などもあり、）〔二〇四〜二〇五〕

といい、大戸《オホト》日《ビ》別《ワケ》神が大直毘《オホナホビ》にあたることは、

　那富《ナホ》を縮れば能《ノ》となり、能《ノ》と登《ト》とは横通音《ヨコニカヨフコヱ》なればなり、（略）又戸は、名字などの誤にはあら

じか、然らばいよよ近し、〔二〇五〕

ということです。ペアの二神を『日本書紀』には一神とする例がすくなくないということについては周到ですが、「通ふ」（音が類似しているということです）、「縮」める、「横通音」（横に通じるというのは、おなじオ段だということです）という説明は強引というしかありません。「戸」と「名」の誤字までもちだすにいたっては、何とか同一にもちこもうとしているという感があります。

あとも同様です。「大綾の阿《ア》を省て大屋」というから大屋毘古＝大綾津日だ〔二〇五〕、「阿《ア》伎《キ》を切《ツヅム》れば伊《イ》」だからアキヅ＝イヅであって秋津比売＝伊豆能売だ〔二〇八〕といった論議がつづきます。

強引さは、宣長自身も自覚しているのです。風木《カザゲ》津《ツ》別之《ワケノ》忍男《オシヲ》神を、速《ハヤ》佐《サ》須《ス》良《ラ》比《ヒ》咩《メ》にあてることについては、「たしかにはあらねど」とことわりつつ、「風にさすらひ失ふ意」ということでつなぎ、底筒之男とおなじだとするのは「語の近ければなり」と理由づけしながら「こはいとものどほけれど、せめて云なり」（〔二〇六〕 これはかけ離れているようだが、あえていうのだ）といいます。

しかし、ただ強引というだけでおわらないで、それがどういう読み方であったのかを問うことが必要です。一歩踏み込まねばなりません。さきにおおきな問題をはらんでいるといったのはこのことです。

国作りのなかの禊ぎ

ことは、伊邪那岐・伊邪那美二神が国を作ることをどう読むかにかかっています。

さきにすこしふれたのですが、『日本書紀』本書では伊奘冉尊は死ぬことがありません。したがって、黄泉の話もありません。一書まで見渡して、伊奘冉尊の死を述べたり、その「殯斂《モガリ》」のところにゆくことを語ったりするものはありますが、黄泉と禊ぎを語るのは、第六と十の一書しかありません(黄泉は、第十の一書では「泉国」とあります)。それらを『古事記』とおなじ伝えとして、どう整合できるかということを、宣長は考えようとしています。

禊ぎが、国を作る物語の、どういう文脈で語られるものであったか、それが問題なのです。次の六之巻でこの問題にあらためて向き合うことになりますが、いま、神々を生む、このくだりの位置づけを、禊ぎにかかわらせてあたえようとしていることを見ておきましょう。

さきに、禊ぎによる神々と、この第三段の大事忍男神以下十神とは、重ねて載せられているととらえることを見ました。そこで、『日本書紀』第六と第十の一書について言及があることに注意されます。

重なっているといったあとに、こうあります(①②は説明の都合のためにつけました)。

(①故書紀には、此記の趣を載たる一書にも、右の内の上七柱は見えず、是雑重りつることを考て、除れつるにや、)②右に引る一書の終に、吹生大地海原之諸神とあるも、此の次に、因河海持別而生神たち、(かの海原の諸神とあるにあたる)因山野持別而生神たち(大地の諸神にあたる、)にあたりて、其次第も彼と合へり、〔二〇四〕

まず、①『古事記』と同旨の一書（「此記の趣を載たる一書」）というのは、第六の一書のことです。そこには、「大八洲国」を生んだあとに、風の神級長戸辺命または級長津彦命、倉稲魂命、海の神少童命、山の神山祇、水門の神速秋津日命、木の神句句廼馳、土の神埴安神を生み、そうして後に、万物を生んだとあり、さらに、火の神軻遇突智を生んだ伊奘冉尊が死に、軻遇突智を伊奘諾尊が殺し、黄泉ゆきから二神の別離、禊ぎとつづきます。その展開は『古事記』とほぼおなじです。その軻遇突智の前の諸神は、ここの『古事記伝』の段落でいえば、第三、五段に対応するものになります。しかし、見合わせてゆくと、第三段の十神のうち、最後の三神（綿津見、速秋津日子・速秋津比売）をのぞく七神（「上七柱」です）は見えないといい、それは禊ぎのくだりとの重なりを考えて省いたのであろう（二〇四）といいます。

②にいうのは、第十の一書の文脈です。さきの引用Bをあらためて見てください。傍線をつけた神々、つまり、禊ぎの神々のあとに「大地海原の諸の神」とあるが、海原の神は、速秋津日子・速秋津比売が河海に持ち別けて生んだ神（第四段）にあたり、大地の神は、大山津見・野椎が山野に持ち別けて生んだ神（第六段）にあたるというのです。

①②をあわせていえば、第三段から第六段は、まるごと禊ぎの別伝だと見るということです。その重なりまぎれたかたちを整理すれば、国を生む―火の神を生んで伊邪那美命は死ぬ―伊邪那岐命が火の神を斬り殺す―伊邪那岐命は黄泉にゆくが二神は別離する―黄泉からもどった伊邪那岐神が禊ぎして大地海原の諸神にいたるまでの神々を出現させる、というかたちとなります。それが、『古事記』の国作りのもとにあった伝えのかたちだったというのが、『古事記伝』の提起する文脈把握です。

天之吹男＝気吹戸主、速秋津比売＝速開都比咩のごとき、大祓の祝詞における、罪を祓う神とつながることが認められそうなものも、こうして禊ぎの神として位置づけて、宣長にとって整合的におちつきを得られることになります。

全体的な見渡しのなかで考えるという『古事記伝』の一貫した姿勢を感じさせられるところです。

「外国」への視点

そうした全体的把握として、国生みが「外国」をふくむものだと見ることにも注意しておきたいと思います。

吉備の児嶋以下の六島について、西のほうへ生み廻るのだと述べて、こう付け加えます。

> さて書紀には、大八洲の外に、別に生賜へる嶋は無くて、処々小嶋、皆是潮沫凝成者矣、亦曰水沫凝而成也とあり、（此伝に依るときは、大八嶋の外の嶋々は、二柱神の生たまへるには非るなり、さて処々小嶋とあるは、必しも小き嶋のみには限るべからず、大八洲の外なるを、皆凡て如此は云るなれば、其中には大なるも多くあるぞかし、されば皇国《ミクニ》に属《ツケ》る嶋々のみならず、諸の外《トツ》国《クニ》をも、大きなる小きを云ず、皆此内とすべきなり、）〔二〇二〕

この「書紀」は、『日本書紀』第四段の本書のことです。伊奘諾伊奘冉の二神はこの国を生んだが、「諸の外国」がどのようにして成ったかはそこに語られているというのです。『古事記』には、中下巻に新羅や百済のことがでてきますが、それらの国がどうありえたかということをおさえておくものです。このことについても、またずっとさきになって見ることになります。

5、『古事記伝』六之巻・神代四之巻――禊《みそ》ぎ

黄泉行きと禊ぎ

この巻であつかわれるのは、伊邪那岐命が伊邪那美命を追って黄泉国に行くが、その黄泉のすがたを見て逃げ帰り、禊ぎをして天照大御神等が成るというくだりです。

黄泉の話は起伏もあって面白いのですが、逃げ帰った伊邪那岐命が身につけたものを脱ぎ捨て、身を滌ぐことによって神々が成るという場面は神の名を列挙するだけの叙述です。

まず黄泉の話を全文掲げましょう。

［一］是に其の妹伊邪那美命を相見まく欲《オモ》ほして、黄泉国《ヨモツクニ》に追ひ往でましき。爾《スナハ》ち殿騰戸《トノド》より出向かへます時に、伊邪那岐命語詔《カタラヒ》たまはく、「愛しき我がなに妹の命、吾汝《アレミマシ》と作れりし国、未だ作り竟へずあれば還りまさね」とのりたまひき。爾に伊邪那美命の答白《マヲシタマ》はく、「悔しき哉《カモ》速く来まさずて、吾は黄泉戸喫《ヨモツヘグヒ》しつ。然れども愛しき我がなせの命、入り来坐せる事恐ければ還りなむを、且具《マツツバラカ》に黄泉神と相論《アゲツラハ》む。我をな視たまひそ」、如此《カク》白して、其の殿内《トノヌチ》に還り入りませる間《ホド》、甚《イト》久しくて待ちかねたまひき。故左の御みづらに刺させるゆつつま櫛の男柱一箇取り闕きて、一つ火燭して入り見ます時に、うじたかれところろぎて、頭には大雷居り、胸には火雷居り、腹には黒雷居り、陰には拆雷居り、左の手には若雷居り、右の手には土雷居り、左の足には鳴雷居り、右の足には伏雷居り、幷せて八雷神成り居り

き。

[二]是に伊邪那岐命見畏みて逃げ還ります時に、其の妹伊邪那美命「吾に辱みせたまひつ」と言したまひて、即《ヤガ》て予母都志許売《ヨモツシコメ》を遣はして追はしめき。爾《カレ》伊邪那岐命黒御鬘を取りて投げ棄てたまひしかば、乃ち 蒲《エビカヅラ》の子《ミ》生りき。是を摭《ヒリ》ひ食む間に逃げ行でますを、猶追ひしかば、亦其の右の御みづらに刺させるゆつつま櫛を引き闕《カ》きて投げ棄てたまへば、乃ち笋《タカムナ》生りき。是を抜き食む間に逃げ行でましき。且後には、其《カ》の八雷神に千五百の黄泉つ軍を副へて追はしめき。爾《カレ》御佩かせる十拳《トツカ》剣を抜きて、後手《シリヘデ》にふきつつ逃げ来ませるを、猶追ひて黄泉つひら坂の坂本に到る時に、其の坂本在《ナ》る桃の子を三箇取りて待ち撃ちたまひしかば、悉に逃げ返りき。爾《ココ》に伊邪那岐命桃子《モモ》に告りたまはく、「汝吾を助けしが如、葦原中国に有らゆるうつしき青人草の、苦き瀬に落ちて患惚《クルシ》まむ時に、助けてよ」と告りたまひて、意富加牟豆美《オホカムヅミ》命といふ名号を賜ひき。

[三]最後《イヤハテ》に其の妹伊邪那美命身自から追ひ来ましき。爾ち千引石を其の黄泉つひら坂に引き塞へて、其の石を中に置きて、各対《アヒム》き立たして事戸を度す時に、伊邪那美命の言したまはく、「愛しき我がなせの命、如此為たまはば、汝の国の人草一日に千頭絞り殺さな」とまをしたまひき。爾に伊邪那岐命詔りたまはく、「愛しき我がなに妹の命、汝《ミマシ》然《シカ》為《シ》たまはば、吾はや一日に千五百産屋立ててな」とのりたまひき。是を以て一日に必ず千人死に、一日に必ず千五百人なも生まるる。故其の伊邪那美命を黄泉つ大神と謂す。亦其の追ひしきしに以《ヨリ》て、道敷《チシキ》大神と号すとも云へり。亦其の黄泉の坂に塞れりし石は、道反大神とも号

し、亦塞り坐す黄泉戸大神《ヨミド》とも謂す。故其の謂はゆる黄泉ひら坂は、今出雲国の伊賦夜坂《イフヤザカ》となも謂ふ。

この後に、逃げ帰った伊邪那岐命が禊ぎするといって、身につけたものを脱いだのによって十二神が成り（第四段）、身を滌ぐときに十四神が成った（第五、六、七段）と続きます。第五、六、七段は、計数の注で「十四柱神は、御身を滌ぎたまふに因りて生れませる神なり」とまとめられたところを、三段に区分するものです。この段落区分の問題はあとにふれますが、第七段に、天照大御神・月読命・建速須佐之男命の、いわゆる三貴子が登場します。これが六之巻のあつかうところです。

黄泉国

黄泉国のことは、『古事記』のなかでいままで何もいわれていません。いきなり出てくるといえますが、『古事記伝』はその成り立ちには立ち入ることをせず、したがって黄泉国そのものの位置づけは与えられません（この問題については、ずっとあとになりますが、十七之巻の付巻としてつけられた、服部中庸『三大考』にかかわってふりかえることになります）。第一段の「黄泉神」について、

此神は如何なる神にか、伝なければ知べきに非ず、ただ黄泉に坐神等なり、（此時は顕国も初の時なれば、夜見国はた、此伊邪那美神ぞ初神なるべく思はるれども、此に如此あるは、既に他神

もありしなり、〕〔二四三〕

といいます。黄泉国（「夜見国」）も、伊邪那岐伊邪那美の二神がつくってきた「顕国《ウツシクニ》」（死者の行く国としての黄泉国に対して、現実の側を、顕われたる世人の国として、こういいます）も、おなじく初めの時のはずで、伊邪那美神が初めの神のようにも思われるが、すでに神はあったということになるといい、その成り立ちなど伝えがないので知ることができないというのです。

『古事記伝』には、黄泉＝ヨミは「夜見」の意で、一つ火をともすとあるから「暗き処と見え」、「下方に在る国」（地下にある国）であって「死人の往て住国と意得《ココロウ》べし」というだけです〔二三八〕。ただ、それについては、一つ火をともすのは御殿のなかが暗いからであって、黄泉国そのものが暗いとはうけとれませんし、地下ということもどこにもうかがえないといわねばなりません（このことは、『古事記の世界観』吉川弘文館、二〇〇八年新装版に述べたとおりです）。

話としてたどれば、一つ火をともして御殿のなかに入って伊邪那美命の黄泉のすがたを見てしまった伊邪那岐命は逃げ出します（第一段）。

その黄泉のすがたを、『古事記伝』は「宇士多加礼斗呂々岐弖《ウジタカレトロロギテ》」とします。現在の諸注釈は「宇士《ウジ》多加礼許呂々岐弖《タカレコロロキテ》」とするところです。宣長も「許呂々岐弖」となっている本を見ていました。しかし、それでは意味が通じないと考えたのです。「和名抄に、嘶咽を古路々久《コロロク》とあれど、此に由なし」〔二四五〕といいます。コロロキテなら、『和名抄』にあるように、つぶれたような声をだす意味になるが（「嘶咽」は声がつまってよく出ないこと）、ここにはあわないというわけです。現在の注釈は、

「蛆どもがワァーンとむせび鳴くさま」（西郷信綱『古事記注釈』）と、蛆の声と解するものがおおいのですが、宣長の疑問はもっともで、蛆は声を出すわけではありません。宣長は、トロケテというのとおなじだとしてトロロギテをとりました（「一本に依つ」というのですが、その本がどういうものかはよくわかりません）。『日本書紀』第五段の第六の一書に「膿沸虫流」とあるのと対応させてその解釈を補強します。「虫流」がウジタカレにあたり、トロロギテは「膿沸」にあたるというのです。その筋の通し方はそれなりに納得されます。しかし、トロロギテという本文が信頼できるか不安です。むしろコロロキテを声や音とは違うかたちで解釈するべきでしょう。新編日本古典文学全集では「コロコロと転がりうごめいている様子をいうととりたい」と注をつけました（これについては、神野志隆光・山口佳紀『古事記注解2』笠間書院、一九九三年に、山口が詳しく説くとおりです）。

逃げ出した伊邪那岐命に対して、「わたしに辱をかかせた」と怒った伊邪那美命は次々に追っ手をやりますが、伊邪那岐命は、ヨモツシコメには、髪飾りや櫛を投げ棄てて山ブドウや筍を生らせ、シコメがそれを食べているうちに逃げ、雷神の軍勢は、桃の実によって撃退します（第二段）。最後には伊邪那美自身が追ってきて、千引の岩を中において、二神は別離を確認します。その時、伊邪那美命は「汝の国」つまり葦原中国の「人草」を一日千人絞り殺すといい、伊邪那岐命はそれなら一日に千五百の産屋を立てようというのでした。人がよりおおく生まれ、よりすくなく死ぬことの謂われです（第三段）。

そのなかでは物に即して具体的に見ようとする態度が貫かれています。たとえば、櫛の「男柱」（左右の端の大なる歯のことだと、宣長はいいます）を折って火をともすことについて、「上代の櫛歯は、や、長かりけむことしらる」〔二四四〕といい、逃げるときに投げ棄てた鬘が「蒲《エビカヅラ》の子《ミ》」（山ブドウのことです）になったのは「此鬘のさま、葡萄葛に似て、玉を垂たるが、彼実のなれる形にや似たりけむ」〔二四九〕といい、櫛を投げて筍がなったのは「櫛の歯の状、竹子の並立るに似たり」〔二四九〕というのです。即物的ともいえます。ただ、葡萄と筍に関して、この『古事記伝』の説が今もなお有力ですが、むしろ、山ブドウでつくった鬘や竹製の櫛がもとにもどったのだと見るべきではないでしょうか（西郷信綱『古事記注釈』などの説です）。

未完の国作りと黄泉行き・禊ぎ

注意したいのは、黄泉行きと禊ぎとの文脈的位置づけです。

第一段のはじめ、黄泉に行った伊邪那岐命が伊邪那美命によびかけたことばには「吾汝と作れりし国、未だ作り竟へずあれば還りまさね」とありました。その「未だ作り竟へず」に、こういう注がつけられています。

> 未作竟とは、下に大穴牟遅与少名毘古那二柱神相並、作堅此国たまふことある、是今妹背神の未作竟たまはぬ所ある故なり、相照して見べし、〔二四〇〕

前の巻でもすでにこのことに言及していたことが思い起こされます。この伊邪那岐命のことばを取り上げて、「既に産生はしたまひつれども、いまだうるはしく経営成竟たまはざるを詔へるなり、（経営成竟たまふは、大汝少名毘古那神のときなり、)」(二〇三)というのでした。ここで、そのことを再確認するのです。ただ、前の巻では、伊邪那岐・伊邪那美の二神ではおわらず大国主神のときに完成される国つくりという全体の文脈として読むというのでした。いま、この巻の入り口で、伊邪那岐命が「未だ作り竟へず」ということを、全体の文脈においてあらためて確認するのは、未完の国にかかわる話として黄泉行きと禊ぎを読む立場を明確にするためです。

すでに国土はあります。しかし、完成されてはいないというのです。前の巻で「経営」という文字をあて、ヲサメと訓みをつけていました。『日本書紀』の神武天皇即位前紀己未年三月七日条に「経営宮室」とあって、その「経営」の古訓にヲサメツクリテとあるのなどを意識していると思われます。「経営」は、しかるべくととのえるという意味であり、「いまだうるはしく経営成竟たまはざる」とは、国としてきちんとととのえられて完成されていないということです。いまは、国土は生んだが、いわば土台だけ、あるいは器だけがあるにすぎないというのです。

そこになにをもたらしてゆくかを見る――、それが、黄泉行きと禊ぎにむかう、この巻の『古事記伝』の読みのフォーカスなのです。

あしき事は穢れにより、よき事は禊ぎにより起こる

土台(器)だけのところに黄泉行きと禊ぎとがもたらすものを、『古事記伝』は、どう見ようとしたか。端的にいえば、世界におけるすべての事象は黄泉の穢れとそれを祓う禊ぎに発すると見るということにつきます。

まず、世のあらゆる禍（宣長はマガと訓みます）は、黄泉の穢れによって成った禍津日神の起こすものだととらえます。

A禍の起るは、此黄泉の穢より成坐る禍津日神の霊なり、〔二四一〕

B抑世に人草の害はるゝ、もろもろの悪事は、禍津日神のしわざなる、此神は、今この黄泉国の穢より成坐て、その本をたづぬれば、こゝの千頭絞殺むとのたまへる御言の験《シルシ》なり、〔二五七〕

とあります。Aは「黄泉戸喫」についての注、Bは一日に千人死に千五百人生まれる所以についての注です。Bは、世に人の害となることはみな禍津日神のしわざであり、この神は黄泉の穢れによって成ったのだが、その本をもとめれば伊邪那美命が一日に千人殺すといったことばにあるといいます。この二つは、禊ぎによって禍津日神が成る前のところにつけられた注です。すでに登場以前からこの神が問題の核心であることを繰り返し述べているのです。

黄泉の穢れを身を滌いで祓うことによって、禍を生じる禍津日神が成ります。それだけでなく、その禍を直す、神直毘神・大直毘神が成ります。土台（器）だけの未完の国にもたらされるものとして、ここに、黄泉と禊ぎの本質を見ることが『古事記伝』にとって決定的に重要だったと認められます。

前章で、大事忍男神以下の十神を禊ぎの神たちの「一伝《マタノツタヘ》」であったと見ていたことにたちもどらねばなりません（本書八〇～八九ページ）。ことは十神にとどまるものではありませんでした。『日本書紀』第五段の第十の一書に、禊ぎの最後に「大地海原の諸の神」を成したとあるのと重ねて、速秋津日子速秋津比売神が河海によりて持ち別けて生んだ神たちが海原の諸神にあたり、大山津見神野椎神が山野によりて持ち別けて生んだ神たちが大地の諸神にあたるとするのでした。要するに、神生みにおいて、伊邪那美命の死をもたらす火の神の前にあらわれた神々全体を、禊ぎの別伝だと見るのです。

こうして、国を生む―火の神を生んで伊邪那美命は死ぬ―伊邪那岐命が火の神を斬り殺す―伊邪那岐命は黄泉に行くが二神は別離する―黄泉からもどった伊邪那岐命が禊ぎして大地海原の諸神にいたるまでの神々を出現させる、という展開を、宣長は『古事記』の国つくりのもとにあった伝えのかたちとしてとらえることを見てきました。

それはどういうことであったかというと、第五段において、一々の神に即して見たうえで、その次第をまとめて次のようにいうところによくうかがえます。

禍津日神より伊豆能売神まで、次第に成坐る義を、なほ委曲に云むには、先世中に所有凶悪事《アラユルアシキコト》は、みな黄泉の汚穢《ケガレ》より起るものなり、(下須佐之男命のこと考合すべし、)(略)さて万の事に凶悪《アシキ》を吉善《ヨク》なすを令直《ナホス》と云、吉善なるを直るといふ、(此語は今世まで古意を失はず、万事にいふなり、)故上文に、汚垢《ケガレ》を滌清《ソソギキヨ》むることを、其禍《マガ》を直すとあり、(略)かくて世中に所有吉善事《アラユルヨキコト》は、皆此御禊より起るものなり、(略)黄泉の穢悪に因て、先世間の諸の禍害《マガ》をなしたまふ禍津《マガツ》日《ヒ》神、初に成坐し、其凶悪を滌清むとして、世間の諸の凶悪を吉善に直したまふ直毘《ナホビ》神、その次に成坐し、さて滌清め竟て、吉善なれる時に、伊豆能売《イヅノメ》神成坐るなり、〔二七六〜二七七〕

世界の諸々の禍の害を生じさせる「禍津日」、その禍を善きに直す「直毘」なのです。この名義理解は無理がありませんが、伊豆能売＝イヅノメの解釈は問題があります。右のようにいうのは、イヅを「既に汚垢を滌祓て、明《アカ》く清まりたる意にて、明津《アキヅ》の約りたる言なり」と解し、「阿伎は伊と約る」〔二七五〕とすることに立ってのことですが、きわめて強引です。前の巻で、伊豆能売＝秋津日子秋津比売だと認定することがあって、「明津《アキヅ》の約りたる」がみちびかれるのであり、伊豆能売自体から出るものではありません。速秋津日子・速秋津比売の名義を「黄泉の穢を速に祓すてて、清らかに明《アキラ》けきをいふ」〔二〇七〕と説くのとひとつにすることによって成り立つ解釈です。

「世中」「世間」というのは、世界ということです。世界に生じる、あらゆるあしき事はみな黄泉の穢れによって起こるのであり、あらゆるよき事はみな禊ぎより起こるのであるといいます。そして、禊ぎの初めに黄泉の穢れによって禍津日神が成り、禍をもたらすのであり、その穢れを滌ぎ清めようとして、すべてのあしき事をよきに直す直毘神が次に成る、というのです。禊ぎ以前にはそうした世界のありようはなかったということです。

そして、この禊ぎの最後、「明く清まりたる」あとに、日も月も成り出ることになります。天照大御神は日そのものなのです。

此大御神は、即今まのあたり世を御照し坐々天津日に坐々り、されば月日は、今此御禊によりて、始て成出坐るぞかし、（此より前には、月日坐ことなし、（略））〔二八三〕

といい、月読命について「此大御神も、即今天に半々月に坐り」〔二八五〕と念をおします。世界の根幹というべき月日も、禊ぎによって成るというのです。

要するに、あしき事、それを直す事から、月日そのものまで、すべてが黄泉とのかかわりと禊ぎとによって発生します。それは、国土だけあったものが、秩序をそなえた世界として成り立ってゆくということです。五之巻で、火の神の前の神々全体を禊ぎに繰り込んで見ようとしたことは、こうした禊ぎの把握と一体だということがわかります。宣長にとって、禊ぎの前にはそうした神々はありようがないのです。

須佐之男命と黄泉の穢れのなごり

黄泉の穢れは、禊ぎのくだりで祓われておわるものではありません。世界のありようとして、黄泉とのかかわりを根源として、あしき事をもたらすこととそれを直すこととを繰り返してゆくことになります（金沢英之『宣長と「三大考」』笠間書院、二〇〇五年がこのことについて論じています）。「明く清ま」って、三貴子は成ります。第七段です。

［七］是に左の御目を洗ひたまひし時に、成りませる神の名は、天照大御神。次に右の御目を洗ひたまひし時に、成りませる神の名は、月読命。次に御鼻を洗ひたまひし時に、成りませ

る神の名は、建速須佐之男命。

右の件八十禍津日神以下、速須佐之男命以前、十四柱の神は、御身を滌ぎたまふに因りて生れませる神なり。


とあります。「右の件云々」は、第五、六、七段をまとめるものです。そうであるのに三貴子が成るところは、一段として独立させるのです（この問題はあとで見ます）。

「於是洗左御目時、これは上件の十一神成坐て後の事なり」〔二八二〕といって、伊豆能売神までが成った後だと切り離しています。「洗ひたまふは、（略）滌たまふ事は竟りて後なり」〔二八三〕といいますから、「洗う」と「滌ぐ」（八十禍津日神から伊豆能売神までは、みな「滌ぐ時に成りませる神は」といわれます）との違いにも、きちんと留意しているのです。

しかし、この三貴子ですらも、黄泉の穢れを洗ったことによって成りました。宣長は、天照大御神・月読命と、須佐之男命とでは穢れの度が違うといって区別します。天照大御神・月読命は、目に見た穢れは「浅くてなごりなき故に、其より成坐る月日の大神は、善神に坐ます」〔二八六〕が、須佐之男命は鼻の穢れは「深くて其なごり亡がたき故に」「悪神」〔二八六〕なのです。

その「悪神」須佐之男命がもたらすものは、黄泉の穢れのなごりとして確かめられてゆきます。次の七之巻の範囲になりますが、須佐之男命が泣きいさち、そのために「青山を枯山如す泣き枯らし、河海は悉に泣き乾しき」とあることの注に、此神の如此るは、伊邪那美命の、人草一日千頭を絞殺さむと詔へる験《シルシ》なり、此神は、妣《ハハノ》命の黄泉の汚垢の残れるより成坐るが故なり、〔三〇〇〕

といい、八之巻で、天照大御神が天の石屋にこもったために、「万の神の声《オトナヒ》は狭蠅なす皆満《ワ》き、万の妖悉に発りき」ということの注に、

抑かゝる妖《ワザハヒ》の又しも発《オコ》るは、黄泉の穢のなごりに依る須佐之男命の荒び坐て、御禊して清明《アカ》きに成坐る天照大御神の隠《コモリ》坐故なり、〔三五二〕

とあります。

須佐之男命にかかわる話の展開の本質は、黄泉の穢れのなごりによる「荒び」にあるというのです。

「吉善事《ヨゴト》凶悪事《マガゴト》つぎつぎに移りもてゆく理《コトワリ》」

そのように黄泉と禊ぎを見ることを通じて、さらに二神の「みとのまぐはひ」から三貴子の分治までの「つぎつぎの事どもの趣」をもって、「世の人事《ヒトノウヘ》の万のことわりを知べきなり」〔二九四〕といいます。このことを、『古事記伝』は、次の巻の七之巻でつきつめてゆきます。先になりますが、そこ

まで見ておく必要があります。

ここにいう「ことわり」とは、あるべきありようということであり、いわば原理を意味します。「人は人事を以て神代を議るを（略）我は神代を以て人事を知れり」〔二九四〕という有名な発言が、そこに登場します。

黄泉と禊ぎに即してこういいます。


先禍津日神の成出坐るは、全彼黄泉国の穢悪に因れるを、（禊ぎは、凶より吉に移際《サカヒ》なるが故に、先其初には、此神の成坐るなり、さて世中の凶悪事《マガコト》のあるは、みな彼穢悪《ケガレ》より生れる、此神の御心なり、）其穢悪を祓ひ清め直して、（方《ミサカリ》に直したまふ時にあたりて、直毘神成坐し、既に直りたる時に、伊豆能売神成坐せり、）此三柱貴《ウヅノ》御子神の成出坐て、（然れども此三柱の中にも、なほ須佐之男命は、悪神にましまして、荒び傷害《ソコナ》ひたまふは、かの伊邪那岐大神の、始終善神にましませども、なほしばしは穢悪に触たまひし理によれり、）つひに天照大御神の、高天原を所知看《シロシメ》すは、又全《モハラ》吉善《ヨゴト》に復れるにて、（さてなほ此大御神すら、須佐之男命の荒びに得堪たまはで、しばらくは障られたまふこともありしは、世中に大乱大逆事も、必なくてはえあらぬ理にて、其本は皆黄泉の凶悪より出るなり、（略））これぞ此世間のあるべき趣なりける、〔二九五〕

簡単に現代語訳すれば、「まず禍津日神が、黄泉の穢れによって成ったが（禊ぎは穢れを祓うものだから、初めにこの神が成るのだ。世界にわざわいがあるのはこの神の御心だ）、その穢れを祓って清め直して（直そうとしている時に直毘神が、直った時に伊豆能売神が成った）、三柱の貴い御子神が成った。（しかし、この三柱のなかにも、須佐之男命は悪神であって、荒び、害をなすのは、伊邪那岐神が善神ではあっても穢れにふれたということわりによる。）こうして、最後に登場した天照大御神が高天原を治めることになって、すべて善きに復するのであって、これが世界のあるべきありようなのだ。（その天照大御神ですら須佐之男命の荒びによってしばしさえぎられることがあったのは、世界に大いなる乱れはなくてはならないものであって、そのもとは、みな黄泉の穢れから出るのだ）」となります。

「理《コトワリ》」とあり、それはこの部分のあとの発言でもくりかえされるのですが、意味するところは「あるべき趣」（あるべきありよう）ということです。黄泉と禊ぎこそ、その「理」をあらわしだしているというのです。

そして、黄泉については、

黄泉国《ヨミノクニ》は、かく凶悪《マガコト》に因て女神の移り往て、（これ正しく吉より凶に移るなり、）永く止坐国なるが故に、世間の凶悪の帰止る処にして、又世間の凶悪の出来る処なり、〔二九四〕

と念をおしています。黄泉国は禍の源だというのです。

黄泉と禊ぎとにおいて、「凶悪《マガコト》」の発生と、その「凶悪」より「吉善《ヨゴト》」をなすことを基点とし、それを拡大して、世の「あるべき趣」として原理化すること（「我は神代を以て人事を知れり」という

こと）が成り立っています。それは、

世間のあるかたち何事も、吉善より凶悪を生し、（二柱神、諸神を生たまへる吉善によりて、女神の神避《カムサリ》坐凶悪は出来れり、何事もみなかくの如く、凶悪は吉善よりおこるものぞ、）凶悪より吉善を生しつゝ、（伊邪那岐命、黄泉の穢に触たまへる凶悪によりてこそ、御禊して月日神は成出坐せれ、何事もみなかくの如く、吉善は凶悪よりおこるものなり、）互にうつりもてゆく理をさとるべく、〔二九五〕

というところにうかがわれるとおりです。マガコトはヨゴトよりおこり、ヨゴトはマガコトよりおこり、たがいに「うつりもてゆく」、つまり交代して動いてゆくというのです。それは、黄泉の穢れを禊ぎして祓うことによって月日そのものも成るという、禊ぎについて見てきたような解釈を拡大して原理化してしまうことにほかなりません。

こうした『古事記伝』の読みをきちんとふまえないで、ただ、「我は神代を以て人事を知れり」ということばを取り出して、宣長を論じるようなことは意味がないといわねばなりません。

七之巻まで目をやることになりましたが、こう見ると、この六之巻は、『古事記伝』において、戦略的に重要な、非常に重い意味をもっている巻だとわかります。そのことを、もっとも大事な問題としてたしかめておきます。

須佐之男命の本質

付け加えていいます。『古事記伝』は、須佐之男命が黄泉とのかかわりをなお担ってあるもの（穢れのなごり、ということです）としてとらえ、神々の世界をうごかしてゆくものは、いうなれば、マガコト－ヨゴトの対立・交代運動であることを見るのでした。

須佐之男命については、神話研究においておおくの論議があります。須佐之男命の性格をめぐっても、ふるくは、嵐神としての自然神話的神格を説いた、高木敏雄「素尊嵐神論」（一八九九年。『増訂日本神話伝説の研究1』東洋文庫、一九七三年に収められています）から、デュメジルの三機能体系論に基いて、アマテラス・スサノヲ・オホクニヌシを主神格トリオをなすものととらえ、スサノヲを戦士機能の神として位置づける吉田敦彦『日本神話と印欧神話』（弘文堂、一九七四年）など、多様な論議があります。荒ぶる神などと単純にはいえない須佐之男命のありようの問題が、その根底にはありま す。

そうした神話論に対して、『古事記伝』が、あくまで『古事記』に内在するものにおいて、黄泉とのかかわりという点から須佐之男命の本質を見ようとしたことは、もっと注意されてよいと思います。禍の源泉と、それをになうものということですが、天神の命をうけて降った神のつくってきたところが悪をふくむ世界となる（いわば悪の発生です）、そのことをどう納得するかということが根底にあるのではないでしょうか。『古事記伝』は、マガコト－ヨゴトの対立・交代の運動を見ているのだといいましたが、初めに禍の神が成り出るというのです。さきの引用のなかに「世中に大乱大逆事も、必なくてはえあらぬ理」（二九五）とありました。乱れ事・禍がなくてはならない、それが

「理」だというのです。そうした世界を語るものとして、黄泉と須佐之男命をとらえることが、「我は神代を以て人事を知れり」ということの根幹だと見るべきです。それは『古事記伝』の「古事記」の根幹でもあります。

段落区分の問題

その須佐之男命の出現が、第七段に天照大御神とともに語られることは、さきに（本書一〇二～一〇三ページ）引用したとおりです。

「右の件八十禍津日神以下、速須佐之男命以前、十四柱の神」というのですから、禊ぎの神々と一連のはずです。しかし、『古事記伝』は、この一連を三段に区切ってしまいます（第五、六、七段）。第四段が、「右の件船戸神より以下、辺津甲斐弁羅神まで、十二柱神は、身《ミミ》に着ける物を脱ぎうてたまひしに因りて、生りませる神なり」とあるまとめのままに段落となるのとは違うといわねばなりません。

計数を示してまとめるかたちは分注の場合がおおいのですが、ここに見るように注でなく本文になっている場合もあります（機能としてはおなじですから、本文注とよばれています）。このような計数注は、前の五之巻があつかった国生み神生みのくだりに多く見られます。名を列挙するところに出てくるのは当然ともいえますが、それらもふくめて見ると、『古事記伝』は、計数の注のところで段落を区分するという原則をもっていたことが認められます。このことについては、前章に述べたとおりです。『古事記伝』は、この計数の注が文脈理解の機能を有することを意識していて、それが段落区分のもとにあったことを見落とすことはできません。

その原則にもかかわらず、禊ぎの十四神は一段とはしないのです。第五、六段は次のようにたてられます。

[五]是に「上つ瀬は瀬速し、下つ瀬は瀬弱し」と詔りごちたまひて、初めて中つ瀬に降りかづきて、滌ぎたまふ時に、成坐せる神の名は、八十《ヤソ》禍津日《マガツビ》神。次に大《オホ》禍津日《マガツビ》神。此の二神は、其の穢《カ》き繁き国に到りましし時の汚垢に因りて成りませる神なり。次に其の禍を直さむとして成りませる神の名は、神直毘《カムナホビ》神。次に大直毘《オホナホビ》神。次に伊豆能売《イヅノメ》神。次に水底に滌ぎたまふ時に成りませる神の名は、底津《ソコツ》綿《ワタ》上津見《ツミ》神。次に底筒之男《ソコヅツノヲ》命。中に滌ぎたまふ時に成りませる神の名は、中津《ナカツ》綿《ワタ》上津見《ツミ》神。次に中筒之男《ナカヅツノヲ》命。水の上に滌ぎたまふ時に成りませる神の名は、上津《ウハツ》綿《ワタ》上津見《ツミ》神。次に上筒之男《ウハヅツノヲ》神。

[六]此の三柱の綿津見《ワタツミ》神は、阿曇連《アヅミノムラジ》等が祖神と以ちいつく神也。故阿曇連等は、其の綿津見神の子宇都志《ウツシ》日《ヒ》金拆《ガナサク》命の子孫也。其の底筒之男命中筒之男命上筒之男命三柱の神は、墨江の三前の大神也。

そうして、さきに引用した第七段に続きます。

たしかに、第六段で綿津見の三神のことがあいだにはいって、第七段で「是に左の御目を洗ひたまひし時に」と、あたらしくいい起こすかたちになっています。「次に」と続いてゆくものではありません。また、さきにもふれましたが、第七段の三神は「洗う時」なのに、前の十一神は「滌ぐ時」だという違いもあります。綿津見神の説明も別だてにしたほうがよさそうに見えます。

しかし、「此の三柱の綿津見神は」というのは、「十四神」の途中で、説明的に挿入したにすぎません。たとえば、葦原中国平定が完了して、忍穂耳命が降臨を命じられたとき、降ろうとするあいだに邇邇芸命が生まれたので、この子を降すべきだといいますが、そこに、「此の御子は、高木神の女万幡秋津師比売命に御合ひまして生みませる子、天火明命。次に日子番能邇邇芸命。二柱」と説明を挿入するのとおなじです。それを独立させて一段とするほどのものではありません。

ここではあえて、十四神をまとめる計数の注の枠から離れて段落をたてるのです。八十禍津日神以下十一神は十一神でまとめておかねばならないといったことが、ここに利いてきます。「上件十一神のこと、上の大事忍男神以下十神の所（伝五の卅一葉）と考合すべし」（二八二）といいます。禊ぎに成った神としてのまとまりとして第五段を区切ることはここで保障されるというわけです。こうして、特別な存在としての天照大御神ら三貴子を分離することもはたして、前の巻とも周到に整合します。

6、『古事記伝』七之巻・神代五之巻——三貴子分治、うけい

七之巻が三貴子分治・須佐之男命追放からはじまること

伊邪那岐命は、禊ぎの最後に三柱の貴い子を得たと喜んで、天照大御神には高天原を、月読命には夜之食国を、須佐之男命には海原を、それぞれ統治することを命じます（三貴子の分治）。しかし、須佐之男命は命じられた国を治めず、泣きわめき、青山を泣き枯らし、河や海を泣き乾してしまいます。そのために世界は混乱におちいります。そして、須佐之男命は伊邪那岐命の問いに答えて、亡き母の根之堅洲国に行きたいといいますが、伊邪那岐命はこの国に住んではならないといって追放します。須佐之男命は、天に参上し、天照大御神に対して邪心のないことを誓い、それを証するために「うけひ」（『古事記』では「宇気比」と仮名書きしています。それをどういうものとして見るかが問題となりますが、そのことはあとで述べます）をして子を生み合います。

この分治・須佐之男命追放と「うけひ」とが七之巻のあつかうところです。段落の立て方としていえば、分治を第一段、追放を第二段とし、「うけひ」は、昇天して「うけひ」しようというところまでが第三段、子を生みあうくだりが第四段、生まれた神（三柱の女神と五柱の男神）の帰属を決定する天照大御神の発言が第五段、三女神の宗像鎮座を確認するのが第六段、五男神を祖とする氏をしめすのが第七段と、こまかく区分されます。

巻のたてかたがまず注意されます。『古事記伝』では、三貴子の分治・須佐之男命追放を禊ぎにつけるのでなく、「うけひ」と合わせて一つの巻とするのです。それは『古事記伝』の読みの問題であることを見るべきです。

現在、おおくの注釈は分治・須佐之男命追放を禊ぎのまとめとして見ています（わたしの担当した新編日本古典文学全集本でそうしました）。伊邪那岐命は、須佐之男命を追放したあと、「故、其の伊邪那岐大神は、淡海の多賀になも坐します」といって役目をおえ、その後は登場しません。ですから、ここがおおきな区切りになると見るのは、わかりやすく、当然ともいえます。

しかし、『古事記伝』七之巻は、分治・須佐之男命追放を、以下の展開、つまり、須佐之男命をめぐる展開の起点として見ようとしているのです。

前の章にすでにふれたことですが、分治までをもふくめて「吉善事凶悪事つぎつぎに移りもてゆく理」を見るのが『古事記伝』の基軸でした。

　其理の趣は、女男大神の美斗能麻具波比《ミトノマグハヒ》より始まりて、嶋国諸の神たちを生坐《ウミ》し、今如此三柱貴《ウヅノ》御子神に、分任し賜へるまでに皆備はれり、〔二九四〕

というとおりです。

と同時に、三貴子はみな善き神であるのではなく、そのなかに黄泉の穢れのなごりによる須佐之男命がまじり、その出現が、この神が「荒び」、それを直すという、まさに「つぎつぎに移りもてゆく」、次の展開の起点となることを見ていたのでもありました。七之巻のたてかたは、「うけひ」から、天の石屋のこと（八之巻になります）、八俣大蛇の話（九之巻になります）まで、この須佐之男命の出現を起点として展開するマガコト－ヨゴトの対立運動として見ようとするものだといえます。このことをまずたしかめてはじめましょう。

三貴子の分治と、起点としての須佐之男命

『古事記伝』における三貴子の分治・須佐之男命追放の位置付けに注意しましたが、その読みに即してみてゆくこととします。

この巻の第一段は、三貴子の分治です。『古事記』本文は次のようにあります。

[一]此の時伊邪那岐命大《イタ》く歓喜ばして詔りたまはく、「吾は子生み生みて生みの終《ハテ》に、三ばしらの貴子《ウツノミコ》得たり」とのりたまひて、即《ヤガテ》其の御《ミ》頸珠《クビタマ》の玉の緒もゆらに取りゆらかして、天照大御神に賜ひて詔りたまはく、「汝が命は高天原を知らせ」と、事依さして賜ひき。故其の御頸珠の名を、御《ミ》倉板《クラタ》挙《ナ》の神と謂す。次に月読命に詔りたまはく、「汝が命は夜之食国を知らせ」と、事依さしたまひき。次に建速須佐之男命に詔りたまはく、「汝が命は海原を知らせ」と、事依さしたまひき。

天照大御神は日そのものです。

天地の共無窮《ムタトコシヘ》に高天原を所知看て、天地の表裏《ウラウヘ》を、くまなく御照し坐まして、天下にあらゆる万国、此御霊を蒙らずと云ことなければ、天地の限の大君主《オホキミ》に坐々て、世に無上至尊《カミナクタフト》きは、此大御神になむましましける、〔二九一〕

といいます。大意は、「天照大御神は、天地とともに永遠に、天地をくまなく照らし、あらゆる国がその恵みを受けないことがない、至上の神だ」ということです。

「万国」というのは、さきに第四章で、国土の生成について「外国」への視点をもつことを見ましたが（本書八九ページ）、それと相応じます。「外国」は伊邪那岐・伊邪那美の二神が生んだのではないと差別化していたのですが〔二〇一〕、天照大御神がこの国に生まれ、「外国」は、その「御光を蒙り、御霊を蒙」る（天照大御神の光をうけ、めぐみをうける、ということです）ことにおいて、より明確に「皇国のすぐれて尊きこと」を確信するのです〔二九二〕。

月読命＝月神は、夜之食国を統治し、「日神は昼、月神は夜を所知看」すこと〔二九二〕になります。

世界は、ここで、あしき事、それを直す事から、昼夜の別まで、秩序ある世界となるのだと読まれるのです。

そして、須佐之男命までの配置のなかに、「此国土をば遺して」〔二九三〕いることに注意します。日月神は天に、須佐之男命は海原に配置したが、伊邪那岐・伊邪那美の二神のつくってきたところの国（黄泉行きのくだりで葦原中国と呼ばれたところ）を治める神は配置されていないというのです。

非常に重要な指摘です。

ここで『古事記伝』が「葦原中国」といわず「国土」と表現するのは、国として未だ作りおえていないということを意識していると思われます。のちに大国主神によって完成をみて、天孫が降ることによって空白はうめられるという全体の文脈（「もとより後に皇御孫命の所知看すべき、深き所以ありけることとなるべし」〔二九三〕といいます）を見ているのです。未完の国つくりという全体文脈において読むという一貫性をあらためて見ることです。

この分治のくだりの注の最後に、前の章に見た、「人は人事を以て神代を議るを（略）我は神代を以て人事を知れり」ということばにはじまって「吉善事《ヨゴト》凶悪事《マガコト》つぎつぎに移りもてゆく理《コトワリ》」として、ここまでの展開から「ことわり」＝「世間のあるべき趣」を見出すという一節があります〔二九四〜二九六〕。

そこに、「須佐之男命の、二たび逐《ヤラ》はれたまふも、此理なるが故なり」〔二九五〕とあります。以後の物語の展開まで見通すことに立って、須佐之男命の出現・追放は、三貴子とともにあるものとします。未完の国にもたらされた善き事であるとともに、あらたにあしき事をもたらす起点としてとらえるということです。この巻のたてかたの所以として、あらためて納得されます。

須佐之男命と黄泉の穢れ

さらに、須佐之男命が「黄泉の汚垢の残れるより成坐るが故」〔三〇〇〕にもたらされるあしき事として確認するために、その追放を語るところを、分治とひとつづきにしないで第二段とします。段落は読みの問題なのです。
第二段は次のとおりです。

[二]故各《オノモオノモ》依さし賜へる命の随に所知看す中に、速須佐之男命、命したまへる国を知らさずて、八《ヤ》拳須《ツカヒゲ》心前《ムナサキ》に至るまで啼きいさちき。其の泣きたまふ状は、青山を枯山如す泣き枯らし、河海は悉に泣き乾しき。是を以て悪《アラブル》神の音《オトナヒ》、さ蠅如《ナ》す皆満《ワ》き、万の物の妖《ワザハヒ》悉に発りき。故伊邪那岐大御神速須佐之男命に詔りたまはく、「何由以汝《ナニトカモミマシ》は事依せる国を治らさずて、哭きいさちる」とのりたまへば、(爾)答《マヲ》したまはく、「僕は妣の国根之堅洲国に罷らむと欲ふが故に哭く」とまをしたまひき。爾に伊邪那岐大御神大く忿怒《イカ》らして、「然らば、汝此の国にはな住みそ」と詔りたまひて、乃ち神やらひにやらひ賜ひき。故其の伊邪那岐大神は、淡海の多賀になも坐します。

『古事記伝』の解釈にしたがって大意を示すと、つぎのようになります。「それぞれ伊邪那岐神の命にしたがって治めたが、須佐之男命は、命じられた海原を治めず、成人して長い鬚がみぞおちのあたりにとどくようになるときまで泣きわめいて、青々とした山を枯らし、河や海を泣きほしてしまった。そして、あらぶる神が沸き出て騒ぎ、あらゆる妖がおこった。伊邪那岐神が、どうして委任した

『古事記伝』七之巻・神代五之巻——三貴子分治、うけい

国をおさめないで泣くのかと問うたところ、「しき母の国の根之堅洲国に行きたいと思って泣くのだとこたえるので、伊邪那岐神は怒って、お前はこの国に住むなといって追放した。伊邪那岐神はいま近江の多賀に鎮座している」。

須佐之男命が泣くことによってもたらされたところは、原文では「悪神之音如狭蠅皆満万物之妖悉発」となっています。「悪神之音如狭蠅皆満」は「あらぶる神のおとなひ、さ蠅なす皆わき」と訓み（「満」は「涌」の誤りとします）、悪神が涌き出て騒ぐと解します。それは、天孫降臨以前の葦原中国の状況とおなじ事態だと見ることによります。「悪神」に付けた注にこうあります。

書紀神代下巻一書、皇御孫命の天降坐むとする処に、葦原中国者、磐根木株艸葉猶能言語、夜者若熛火而喧響之、昼者如五月蠅而沸騰之云々、喧響此云淤等娜比、五月蠅此云左魔倍、また本書に、彼地多有蛍火光神、及蠅声邪神、復有艸木咸能言語、（略）とある同処を、此記には、葦原中国者云々、於此国道速振荒振国神等之多在云々とあり、此を合せて考るに、かの御孫命の将天降坐時に、此葦原中国の有状を云ると、今此の状と全同じ事なり、さればこの悪神も、阿羅夫流神と訓べきなり、〔三〇〇〕

いわんとするところは、

『日本書紀』神代下第九段、天孫が降臨しようとするところに、第六の一書には「五月蠅」、本書には「蠅声」とあって、ここの「狭蠅」と重なる。それがよからざる神（「邪神」「悪神」）のしわざであることもおなじであって、事態は一致するが、その事態を『古事記』の降臨のくだりでは「道速ぶる荒ぶる国つ神どもの多かる」といっている。だから、ここの「悪神」はアラブル神と訓むべきだ。

ということです。

つまり、混乱・無秩序が、「邪神」＝「悪神」＝「荒振神」が騒ぐさまとして表現されていると見るのです。文字のうえで違っていてもおなじことばのはずだと見ます。そして、「古言」としては、「悪神」はアラブル神とし、「狭蝿」「音」は『日本書紀』の訓注にしたがって、サバへ、オトナヒと訓みます。「皆満」とあった「満」が「涌」のあやまりだとされ、ミナワキと訓まれるのも、『日本書紀』の一書に「沸騰《ワキアガル》」とあるのと、「出雲国造神賀詞」に「昼波如五月蝿水沸支」とあるのによります。おなじ事態をいうものとして、「満」では解しがたいが、「涌」の誤字として解消されるというのです。こうして、「涌とは、たゞ騒ぐ状《アリサマ》をのみ云には非で、涌出て騒を云なるべし」と解し、妖いは、「妖の発るも、悪神の沸出騒に因てなりけり」と説きます〔三〇一〕。

天孫降臨以前とおなじ混乱・無秩序の表現だとし、「さて須佐之男命の御所行《ミシワザ》に因て、かく悪神涌出、万妖の発ること、みな其本は、黄泉の汚垢より根ざす」〔三〇一〕ととらえられるのです。とすれば、天孫降臨以前の葦原中国の状況もまた、黄泉の穢れによると見ることになります。さきまで見る必要がありますが、十三之巻で、「道速ぶる荒ぶる国つ神どもの多なる《サバ》」につけられた注は、ここととあいまって見ることをもとめてこういいます。

此時葦原中国は、なほかく荒振神多くして、未平《サヤゲ》るは、何故ぞと云に、かの須佐之男命の黄泉の汚穢のなごりありて、未清浄天照大御神の御徳化《ミメグミ》の至り及ばざる故なり、前の須佐之男命の、青山を泣枯し云々処と、照し考ふべし、伝七巻に委し、〔10・四七〕

天孫降臨以前にまで、須佐之男命の穢れのなごりは及んでいるというわけです。須佐之男命をめぐって、黄泉の穢れを源としてマガコト－ヨゴトの展開を見渡すスパンは、このようにひろいのです。

「うけひ」とはなにか

追放されることになった須佐之男命は天にのぼります。天照大御神が、善き心ならじと思って「何《ナ》故《ド》上り来ませる」と待ち問うのに対して、須佐之男命は邪心がないことを誓い、そのことを何をもって知ることができるかとさらに問われて、「各《オモノ・オノモ》うけひて、子生《ミコ》まな」（たがいに「うけひ」をして御子を生もう）と答えます。第三段です。

この第三段は「うけひ」の発端です。「うけひて」という、その「うけひ」とはなにかということがキイです。しかし、『古事記伝』はそれをきちんと説明しているわけではありません。

書紀に、誓約とも誓とも書て、誓約之中此云宇気譬能美難箇《ウケヒノミナカ》ともあり、宇気比と云言は、此巻の末、中巻にも見えたり、龍田風神祭祝詞に、云々止宇気比賜支、万葉四（五十六丁）に、得飼飯《ウケヒ》而雖宿《テヌレド》、夢爾不所見来《イメニミエコヌ》、十一（八丁）に、妹相《イモニアハムト》、受日鶴鴨《ウケヒツルカモ》、書紀神功巻に、祈狩此云于気比餓《ウケヒガ》

利《リ》などもあり、見集めて其事の様は知べし、〔三一五〕

と、『古事記』『日本書紀』『万葉集』祝詞の例をあれこれあげ、そうした例を集めて見ればどういうものかわかるはずだ（「見集めて其事の様は知べし」）ということにとどまります。きちんと丁寧にしつこいくらい説明するのが普通なのに、あまり『古事記伝』らしくないものいいです。

『日本書紀』の「誓約」という文字による理解もふまえるといいます。『万葉集』の例（巻四・七六七歌、巻十一・二四三三歌）は、逢うこと、夢に見ることを願った行為として認められます。ただ願うのでなく、神に祈誓するというものです。

『古事記』には、「此巻の末、中巻にも見えたり」といわれるように、このほかにふたつの「うけひ」の場面があります。その一は、上巻の末において大山津見神が二人の女を並べてたてまつったのは、石長比売《イハナガヒメ》をお側につかうならば寿命が石のように永遠に堅固であり、木花之佐久夜毘売《コノハナノサクヤビメ》をお側につかうならば木の花のように栄えようと「うけひて」のことであったということです（十六之巻）。その二は、中巻の垂仁天皇条です（二十五之巻）。出雲大神が、自分の宮を天皇の御殿とおなじように整えたら、ものいわぬ皇子はきちんとものいうだろうとさとしたことについて、この大神を参拝することによってそのような効験があるか、「うけひ」させたということです。「（鷺を）うけひ落ちよ」「うけひ活きよ」、「（葉広熊白檮を）うけひ枯らし」「うけひ生かしき」とあります（「うけひ」は延べ五例）。それらについての『古事記伝』の注を見ると、二つの場面とも、「うけひ」のことは七之巻に述べたというだけです〔10・二二四、11・一一九〕。

これらのうちでも、中巻垂仁天皇条の「此の大神を拝むに因りて誠験《シルシ》有らば、是の鷺巣の池の樹にすめる鷺や、うけひ落ちよ」という例などは、わかりやすいといえます。こうこうならばと条件を決めて（効験があるなら鷺は落ちる）、実現を祈誓しておこなう行為であり、呪術的ともとれます。

いま当面しているところに対応する『日本書紀』第六段を見ると、本書では、「誓約の中に、必ず当に子を生むべし」といい、つづけて「如し吾が所生めらむ、是女ならば、濁き心有りと以為せ。若し是男ならば、清き心有りと以為せ」とあって、条件は言立てしていて明らかです。第一、二、三の一書、第七段の第三の一書でも、男ならば邪心なしという条件は明確です。条件を言立てし、それにむけて子を生むのです。

こうして、もろもろの例も「見集めて」、ここにたちもどると、条件は決めていないし、なぜ天照大御神も「うけひ」するのか、不審がのこります。

条件のことは、須佐之男命が「手弱女」を得たから勝ったと宣言しますから、示されていなくとも、その結果によって諒解されるといってよいというのかも知れません。ただ、女子を得て勝ったというのは、『日本書紀』とは逆なので「伝の意の異なるなり（伝えのおもむきが異なる）」〔三四二〕と判断しています。

しかし、天照大御神も「うけひ」するというのはどうでしょうか。須佐之男命が邪心のないことを誓い、それを証そうとして子を生むのに、天照大御神がどうして一緒に子を生むのか、当然の疑問ともいえます。『古事記伝』も、この予想される疑問を、或る人の問いとして設定しています。

或人、此誓はたゞ、須佐之男命の御心の清明を顕むためなるに、大御神も諸共に宇気比賜は如何、と問に答けらく、此事後世の心を以て見れば、疑はしけれど、上代には如是る類の誓は、凡て其疑ふ人も、疑はるゝ人と共に誓ふは、定れる事にぞ有けむかし、〔三三四〕

答えは、要するに、「疑ふ人も、疑はるゝ人と共に誓ふ」のが上代の決まりだというのです。神に誓って熱湯に手を入れる「くかたち」（盟神探湯）では、正しい者も不正な者も熱湯に手を入れ、正しい者はやけどせず、不正な者はやけどするということ（『日本書紀』允恭天皇四年九月二十八日条など）が想起されますが、あげられた「うけひ」の諸例のなかに、そうした例を見出すことはできません。「うけひ」に関する『古事記伝』の説明は歯切れがわるいように、あるいは、物足りないように感じられます。

「書紀の旨」と「此記の旨」

ともあれ、二神は「うけひ」て子を生みます。

まず天照大御神が須佐之男命の剣を乞い受けて三段に折って嚙みに嚙んで吐き出した息の霧に多紀理毘売命ら三女神が成り、次に須佐之男命が天照大御神の珠を乞い受けて嚙みに嚙んで吐き出した息の霧に正勝吾勝々速日天之忍穂耳命ら五男神が成りました（第四段）。そこで、天照大御神は、「五柱の男神はわたしの持ち物によって成ったからわたしの子で、三柱の女神はお前の持ち物によって成ったからお前の子だ」といって、御子の所属を決めます（第五段）。なお、その補足として、三女神がいま宗像に鎮座することをいい（第六段）、五男神のうちの天菩比命の子である建比良鳥命を祖とする七氏、天津日子根命を祖とする十二氏の存在を注記します（第七段）。これが話の概要です。七之巻があつかうのはここまでです。

相手の剣と珠とによって吹き成すというねじれ、吹き成した神と成った子が帰属する神とが異なるというねじれがあります。また、『日本書紀』の本書・一書には違うかたちになっていて、複雑な様相を呈しています。論議をよんできたところです。

たとえば、津田左右吉『日本古典の研究　上』（一九四八年、岩波書店）は、次のような図式化をこ

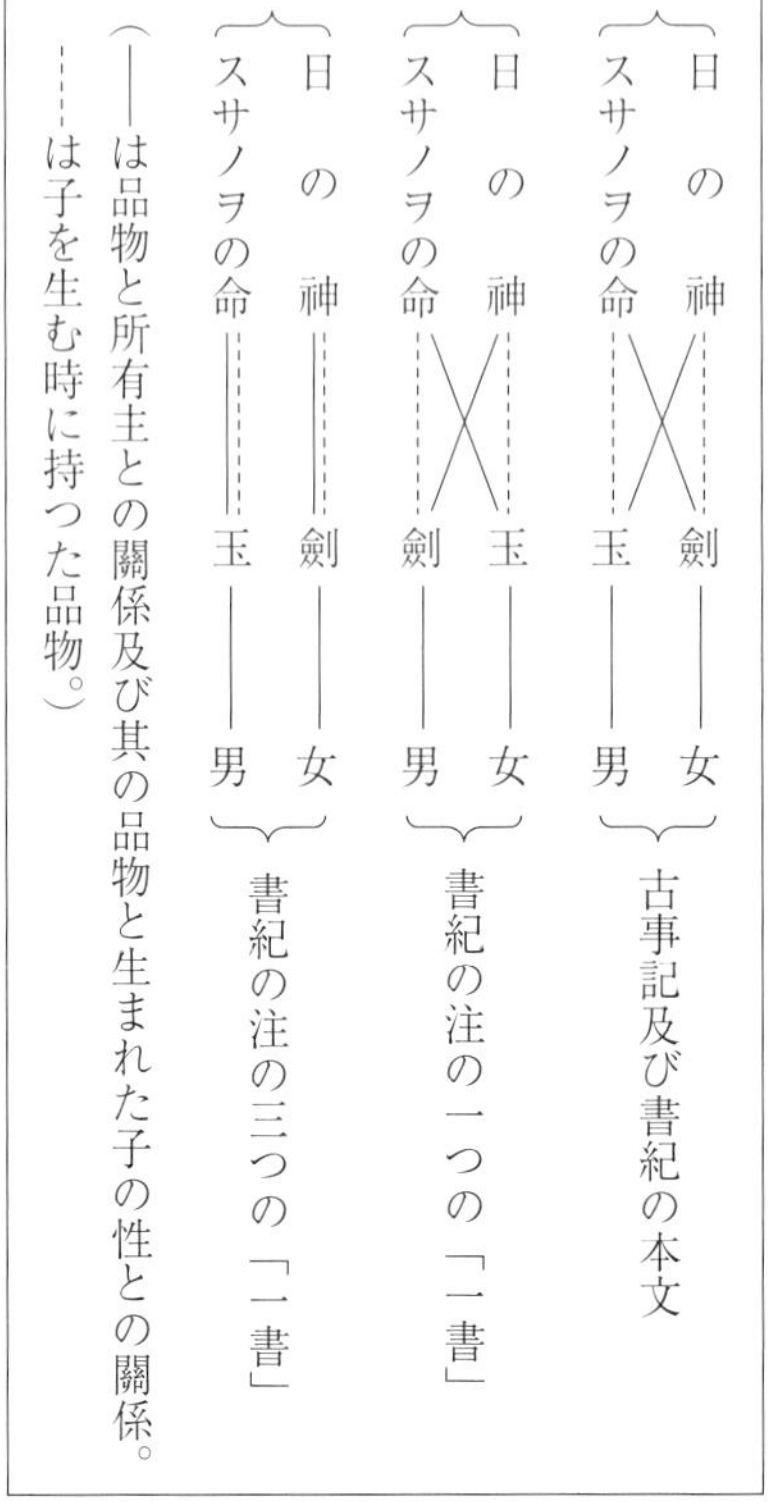

図５　『津田左右吉全集』第一巻（岩波書店、一九六三年）。

ころみています。

そして、津田は、「多分、品物を交換したといふのが物語の原形であつたらう」といいます。問題関心は、原形ないし原伝にあります。成立という関心から見ようとするものです。

『古事記伝』は、「書紀の旨」と「此記の旨」とが異なるという立場で見ます。

A書紀の旨は、素戔烏尊の御言に、如吾所生是女者云々、若是男者云々とも、日神所生三女神云々、素戔烏尊所生之児皆已男矣ともありて、三女神は、天照大御神の生坐る御子、五男神は、須佐之男命の生坐る御子と、本より分れたり、然るに此記の旨は、誓の間に一連に生坐て、三女五男共に、大御神と須佐之男命との御子にて、此は大御神の御子、此は須佐之男命の御子と云分は本あらず、〔三二三〕

B詔別賜とは、五男三女渾《スベ》て一に、大御神と須佐之男命との御子にて、本は何れが何れの御子と云別は無きを、今始て物実を尋て、如此別たまふなり、此此記の旨にして、書紀と異なり、〔三二四〕

と繰り返し述べるとおりです。

要するに、『日本書紀』では、明確に、三女神は天照大御神の生んだ御子、五男神は須佐之男命の生んだ御子と述べられているが、『古事記』では、全体がひと続きであってそうした分けかたはない（A）、その区別は「詔り別け」によってはじめてなされる（B）というのです。「書紀の旨は、吹成たまふ主に就て、其御子と別たるもの」（三二四）と補足もします。『日本書紀』では、男を生んだら清心のあかし、女を生んだら濁心のしるしという条件のもとにはじめることと、子の所属の区別とが結び付いていています。『古事記伝』があげた、第六段第一の一書の「日神所生三女神」、第三の一書の「素戔烏尊所生之児皆已男矣」に、見るとおりです。『古事記』は、条件がしめされないうえで生んだ御子たちはその別が問題でないのだから、ひとつづきだという論理です。

『古事記』は『日本書紀』とは異なる「旨」をもつものとして読むというのは、成立の問題に還元するのでなく『古事記』というテキストに即して見ようとする、現在の研究の方向と通じるものがあります。

本性は「悪心」を有する須佐之男命だが、「うけひ」の時はこころが「清明」であって（「うけひ」によって証されたのですからそうなります）、天照大御神と共同で御子たちを生み（すべて善き神たち）、降臨をになう神（国を統治する神の不在を充足するもの）が得られたと解するのです。「此記の旨」の理解とは、これまでふれたような全体文脈において読むものであり、未完の国にあたらしい展開をもたらす二神による御子たち、なかでも天之忍穂耳命の登場を見ることだといえるでしょう。

さきに「うけひ」についての『古事記伝』の説明は歯切れがわるいように感じるといいましたが、こう見てくると、「うけひ」自体についてこだわるより、「此記の旨」、いいなおせば、『古事記』のテキスト理解に目をむけていたのだというべきです。

あらためて、黄泉の穢れを祓うことによって成った神たちがどのように世界にかかわってゆくものであるかということを、『古事記』を読むことの根底にすえるのが『古事記伝』だとたしかめておきます。

「食国」とまつりごと

この巻でもうひとつふれておきたいことがあります。第一段の「夜之食国」の「食《ヲス》」の注についてです。

> 食《ヲス》は、もと物を食《クフ》ことなり、(書紀などに、食を美袁志須《ミヲシス》とよみ、食物を袁志《ヲシ》物と云、万葉十二に、ヲシと云辞にも、食字を借りて書り、) さて物を見も聞も知も食も、みな他物《ホカノモノ》を身に受入るゝ意同じき故に、見《ミス》とも聞《キコス》とも知《シラス》とも食《ヲス》とも、相通はして云こと多くして、(略)君の御国を治め有《タモ》ち坐をも、知とも食とも、(略)聞看とも申すなり、これ君の御国治め有坐は、物を見が如く、聞が如く、知が如く、食が如く、御身に受入れ有つ意あればなり、〔二九二〕

とあります。おなじ表現を何度も、しつこいくらいに丁寧に繰り返すのが『古事記伝』らしいと感じますが、いうところは明快です。大意はこうです。

ヲスは、元来ものを食べることだ。『日本書紀』に「食」の字をミヲシスと訓み、『万葉集』にもヲシに「食」字をあてた例がある。ものを見るのも、聞くのも、知るのも、食べるのも、みな他のものを身に受け入れるという意味はおなじだ。それゆえ、見《ミス》・聞《キコス》・知《シラス》・食《ヲス》は通用して用い、天皇が国を治めるのを、知らすとも、食すとも、聞こしめすともいうのだが、それは、国をおさめ

『古事記伝』七之巻・神代五之巻——三貴子分治、うけい

ることは、ものを見るように、聞くように、知るように、食べるように、御身に受け入れてたもつという意味があるからだ。

国を治めるのは、見る如く、聞く如く、知る如く、食べる如くに身に受け入れることなのだといいます。ここで、さきどりになりますが、「政」＝まつりごとについての発言が想起されねばなりません。『古事記伝』十八之巻（神武天皇の上巻です）にこうあります。

A（マツリゴトの）言の本は（略）奉仕事なるべし、そは天下の臣連八十伴緒の、天皇の大命を奉《ウケタマ》はりて、各其職《ワザ》を奉仕る、是天下の政なればなり、（略）故古言には、政と云をば、君へは係ず、皆奉仕る人に係て云り、上巻天照大御神の詔に、思金神者取持前事為政と見え、軽嶋朝の詔に、大山守命為山海之政、大雀命執食国之政以白賜、宇遅能和紀郎子所知天津日継也と見え、又下に引る続紀卅一の文など、皆然るを以暁《サト》るべし、〔10・三二一〕

B聞看とは、天下の臣連八十伴緒の執行ふ奉仕事《マツリゴト》を、君の聞し賜ひ看《ミ》し賜ふを云り、続紀卅一（十四丁）詔に、自今日者大臣之奏之政者不聞看夜成年、とあるを以心得べし、〔10・三二二〕

中巻冒頭の神倭《カムヤマトイ》伊波礼毘古《ハレビコ》命（神武天皇）の発言、「何れの地に坐さばか天の下の政をば平らけく聞し看さむ」とある、「政」の注（A）と「聞看」の注（B）です。

Aの大意は「マツリゴトということばのもとは奉仕事だ。臣下のものたちが天皇の命を奉じて仕えるのが、マツリゴトなのである。だから古言では、マツリゴトは仕えまつる人についていうこと、さまざまな例にみるとおりだ」ということです。Bは「聞こし看すというのは、臣下のものたちの実行する奉仕事を天皇が聞こし看すことをいう」とあります。

さきの「食《ヲス》」とあわせて、まつりごとは臣下の実行するものであり（それは用例にそくして肯われます）、天皇は、見る如く、聞く如く、知る如く、食べる如くそれを受け入れるという「政」のありようの把握が明快に示されています。

丸山真男「政事の構造」

じつは、この宣長の説いたところがそのまま、丸山真男「政事の構造――政治意識の執拗低音――」（『丸山真男集　第十二巻　一九八二―一九八七』岩波書店、一九九六年。初出一九八五年）における、古代の政事の構造把握の骨格となっています。

丸山は、次ページの図6のように古代の政事の構造を図式化しました。

丸山は、正統性と決定（政策決定）とのレベルの分離ということをとらえ、それを日本の「政事」の「執拗低音」をなすものとしてみてゆくのでした。古代から近代まで、「政事がいわば下から上への方向で定義されている」という、西洋や中国の場合とは違うありようを見定める、スケールのおおきい論が展開されます。出発点としての古代把握がかぎをにぎるものですから、論議の過半は古代に費やされています。次ページの図式に集約されるものですが、それは主として『古事記』から統治にかかわるキイワードを取り出してなされています。

しかし、その骨格の要が、『古事記伝』にあるのです。丸山説の要は、正統性と決定とのレベルの

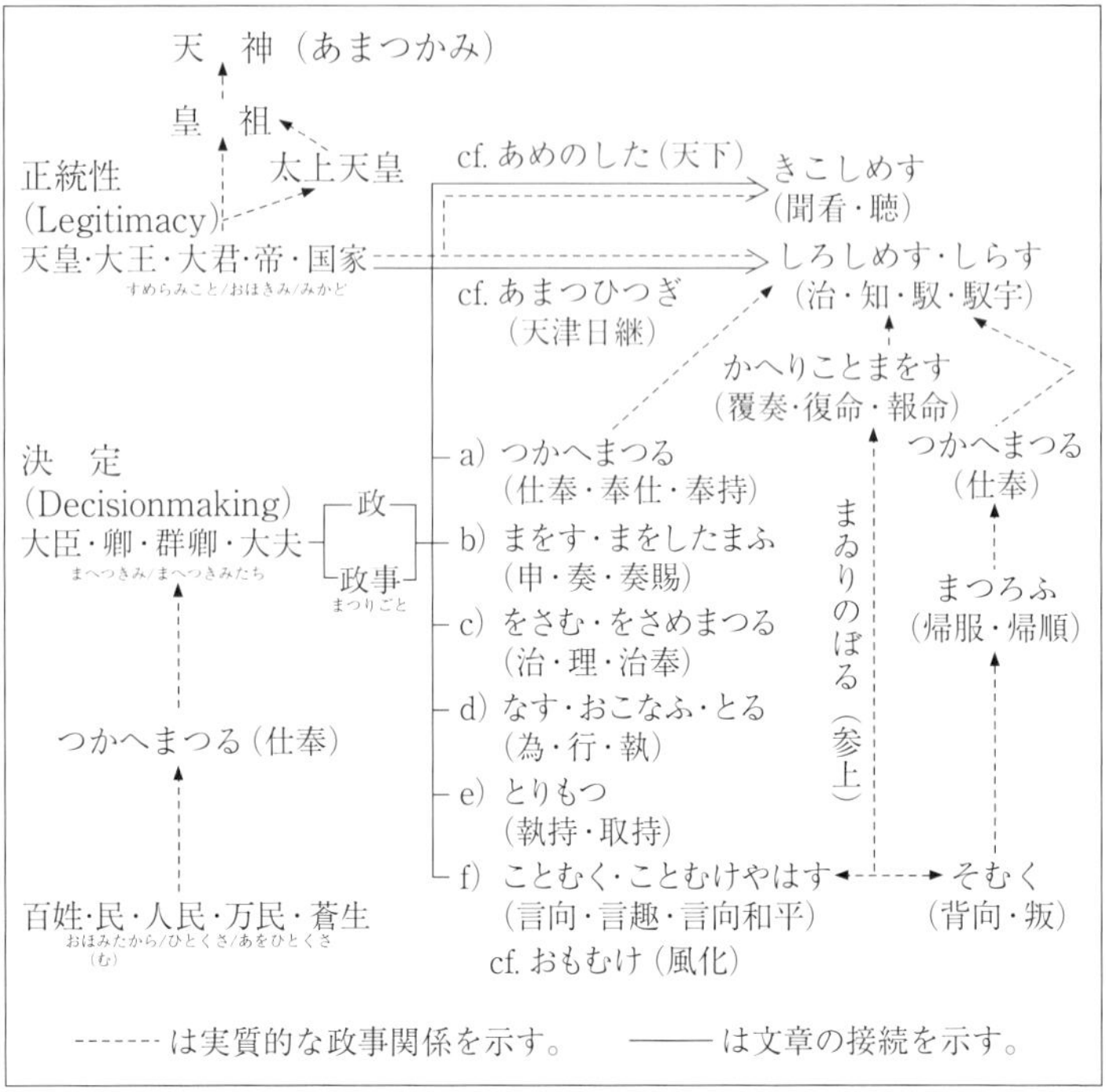

図6　丸山真男の示した政事の図式。

分離と、「下から上への方向」の政事ということにあります。それは、このようにいわれます。

「政事」の決定のレヴェルにある大臣や卿たちが政を「つかへまつ」ったり、「まお」したりするのは、すべて普通の政策決定とその執行を意味します。それにたいして正統性のレヴェルにあるところの天皇・大君・帝はどうするかというと、卿たちが「政事」を決定し執行する（中略）のを、「きこしめす」地位にあります。

そこで主語が「すめらみこと」である場合には、政事きこしめすというように文章がつづきます。「しろしめす」はヨリ一般的に、「あめのしたしろしめす」（治天下）または即位の場合に「あまつひつぎしろしめす」（治天津日継）というように使います。「聞く」とか「知る」とかいうのは、いずれにしても感覚的に外界から来るものを受け取る作用であって、そこに受動的な性格があります。（二二三ページ）

まず「つかへまつる」が宣長のいうとおり臣下が実行することであり（決定のレベルです）、その決定を「受動的に」受け入れる正統性の側というありようとしてとらえるのです。「下から上へ」ということがそこでおさえられますが、その要点はすでに宣長が明確に述べていたことなのです。

丸山は宣長を無視しているわけではありません。さきの十八之巻の引用Bを引いて、「流石に古文献を、とらわれない目で精読している宣長だけのことはある」といい（二一四ページ）、右の引用のあとにも、「宣長が、政事の直接的な主語は臣や連である、といったのは、右の位置づけを指しております」と、その「まつりごと」の理解については、宣長のオリジナリティを認めているかのごとくです。

しかし、正統性と決定との分離のありようについて、「感覚的に外界から来るものを受け取る」という本質的な点もまた、宣長がすでに明確に示していたことではなかったでしょうか。宣長が「物を見が如く、聞が如く、知が如く、食が如く、御身に受入れ有つ意」というのは、おなじことをいっているのです。「聞く」とか「知る」とかと、知覚動詞をもって統治行為をいうことに着目するのはあきらかにおなじです。

しかし、丸山は、この点では宣長に言及しないのです。『古事記伝』のこの「食国」の注は読んでいなかったのでしょうか。読みおとしかどうか、読んでいたらなおさら、この宣長の発言があったことをいわないのはフェアではないと思います。

「聞く」天皇

なおいえば、宣長もそうですが、宣長とおなじ「受動性」という観点にたつことによって丸山も、『古事記』において、天皇が文字通り「聞く」ことによって世界をたもつということを見落としてしまっているといわねばなりません。

『古事記』中巻の最後応神天皇条に、「大雀命は食国の政を執《トリモチ》て白し賜へ」とあります。マツリゴトは実行してマヲスのです。天孫降臨のために葦原中国を平定するのは、「言向け」て、「復奏」して完了するのでした（建御雷神《タケミカヅチ》が大国主神の服従をはたし、高天原へ帰り参上して、「葦原中国を言向け和平」して「復奏」したとあります」）。倭建命《ヤマトタケ》の東征においても、入水した弟橘比売命《オトタチバナヒメ》のことばに「御子は所遣《マケ》の政遂げて覆奏したまふべし」とありました。マツリゴトはとげたらカヘリゴトマヲスものなのです。「復奏」（「覆奏」）は報告の奏上であり、言葉通り、マヲス（奏上する）こととしてあります。

そして、降臨や倭建命東征にそくして、そのカヘリゴトマヲスのが「言向け」てなされることが注意されます。「言向」（「言趣」とも書かれます）は、ことばにかかわるものです。宣長は、「言は（借字）事にて、事依《コトヨサス》事避《コトサル》などの事と同じ」（十一之巻、10・四七）としますが、「事向」「事趣」と書いた例はありません。ムクは四段動詞と下二段動詞とがありますが、こうした類の場合下二段動詞は他動詞で使役の意味合いをもちます（佐伯梅友『万葉語研究』有朋堂、一九六三年。一九三八年初版）。「言・向く」は、説得する・説伏する（ことばで説いてしたがわせる）と考えられてきましたが、ことばを向かせる意と考えられます（くわしくは『古事記の達成』東京大学出版会、一九八三年に述べたとおりです）。つまり、荒ぶる神や服従しない者たちに、服従を誓うことばを向けさせ（たてまつらせ）、そうして平定したことを天皇にマヲシ、天皇がキコシメスことで完了するのです。コトムケ↓マヲス↓キコシメス、という下から上へのことばの徴発というべきものが、『古事記』の天皇の世界におけるマツリゴトとして語られています。

要するに、天皇は「聞く」ことによって世界をたもつのです。「言向け」について「言」は借りただけといったときに、そのことは見失われてしまいました。丸山も「「ことむく」の「こと」というのは余り意味がないので、接頭語みたいなもの」として宣長に追随します。そしておなじく、天皇が、言語行為によって世界をたもつ、ないし、世界を回収する位置にたつことを見落としてしまっています。あるいは、丸山説は、その見落としによって説として成り立っています。

こうして、『古事記伝』と丸山説とをあわせて批判しなければならないのですが、このことは、『複数の「古代」』（講談社現代新書、二〇〇七年）に、より全体的に述べたところです。あわせて読んでいただきたいと思います。

7、『古事記伝』八之巻・神代六之巻——天の石屋《いわや》ごもり

石屋ごもり

この巻があつかうのは、天照大御神が天の石屋にこもる、石屋ごもりの話です。かいつまんでいえば、須佐之男命が勝ったと宣言し、その勝ちに乗じて乱暴をはたらいたために、天照大御神は天の石屋にこもってしまうこととなりますが、神々はさまざまな試みをして、大御神を石屋から引き出します。筋だけいえば単純な話です。

これを『古事記伝』は三段にわけます。石屋にこもるまでを第一段、天照大御神がこもり、神々が引き出すためにあれこれ準備するくだりを第二段、引き出す場面を第三段とするのです。話の展開にそくして、場面によってたてた段落ということができます。

わかりやすい段落区分ですが、現在の注釈を見合わせると、第三段についてひとつの問題がうかびあがります。天照大御神をひきだした後、須佐之男命を追放するという一節の位置づけです。

> 是に八百万神共に議りて、速須佐之男命に千位置戸《チクラオキド》を負せ、亦鬚を切り、手足の爪をも抜かしめて、神やらひやらひき。

とある一節です。宣長はこう訓んでいますが、現在は、「抜」ではなく、「祓」を採って、「鬚と手足の爪とを切り、祓へしめて」とするのが通説であり、こちらによるべきでしょう。

宣長は、「八百万の神が相談して、須佐之男命にたくさんの祓えもの（「千位」はたくさんの物を置く台、「置戸」はそこに置かれたもの）を科し、鬚を切り、手足の爪を抜かせて追放した」と解しています。現在の通説だと、鬚と手足の爪とを切って祓えさせたということになりますが、その違いによっておおきな混乱をきたすものではありません。

『古事記伝』は、この記事を次の九之巻のはじめにおきます。ここから、須佐之男命にかかわるあらたな展開がはじまると見るわけです。しかし、ここまでを石屋ごもりとする区切りかたがあります（岩波文庫、新潮日本古典集成、角川文庫新版など）。これを石屋ごもりの結末と見るのです。話のつながりをどう見るかということになります。次の章でもふれますが、須佐之男命をめぐる話という視点から見れば、この『古事記伝』の区切りかたのほうが納得できます。現在の注釈も大勢はそうなっています。

なお、「石屋」について、『古事記伝』は、石窟ではないとしていることに注意しておきましょう。『日本書紀』には「天石窟」とあるのですが、その文字にこだわるべきではないというのです。「石」というのは堅固をいうのであって、「尋常の殿」をいうものだとします（三五〇）。降臨のさいに、「天磐戸」を引開くとあるのも（『日本書紀』第九段第四の一書）、大祓の祝詞に「天つ神は天の磐門を押し披きて」とあるのも、そう見ないと解しがたい、天神がいつも岩窟にいることになってしまう、と目配りは周到です。

「手弱女」を得たこと

第一段の発端は、須佐之男命が、「手弱女」を得たから勝ったと、勝利を宣言することです。天照大御神によって、「後に生れませる五柱の男子」は天照大御神の子、「先に生れませる三柱の女子」は須佐之男命の子とわけられた結果をうけての宣言です。

> 爾に、速須佐之男命天照大御神に白したまはく、「我が心清明《アカ》き故に、我が生めりし子手弱《タワヤ》女《メ》を得つ。此に因りて言さば、自ら我勝ちぬ」と云ひて（以下略）

とあります。あいだに、三女神は胸形君《ムナカタノキミ》が祭ることや、五男神のうち天菩比命の子の建比良鳥命、天津日子根命についての氏祖注をはさんでいますが、文脈としては、五男神・三女神を天照大御神が「詔り別け」たというところからつづきます。

宣長は、「詔り別け」には「女子」とあったのに、ここでは「手弱女」とあることに注意をうながします。

故今女子を得給ふは其理に叶て、天照大御神に服《マツロ》ひ給て、仇敵《アタム》御心なく、高天原を奪はむの御心なき験《シルシ》となれるなり、故此所には唯女子と云ずして、（上には女子とあり）手弱女としも云るも、其意ぞかし、（凡て益荒男手弱女とは、たゞ何となく男女をいふ称には非ず、みな右の意にて、強きこと弱きことを云ときの称なり、〈以下略〉）〔三四二〕

とあります。「其理」というのは、このまえに、「手弱女の男に従て下に在が如くなるべき理」とあるのをうけます。「上には女子とあり」というのは、「詔り別け」をさします。

大意は、「いま女子を得たというのは、手弱女は男に従ってあるべきだという理にかなっていて、天照大御神に服し、敵対する意思がなく、高天原を奪うこころがないことのしるしだ。ここで、女子といわないで手弱女というのはそのことをこめている。手弱女は、ただ女ということでなく、弱いことをいうときの称なのだ」となります。

要するに、弱い女性を得たことが、国を奪う意思のないことのしるしだと須佐之男命はいうのです。そもそも、うけいをしたのは、国を奪おうとしにきたのではないかという疑いに対して、「邪心」のないことを証するためでした。その文脈にしたがって、「手弱女」を要としておさえる理解の方向は納得されます。

須佐之男命の勝利宣言と乱暴

勝利宣言のあとに、須佐之男命は「勝ちさび」（「勝給る御心の進める勢に荒び給ふ」ことだと、「師説」つまり真淵の説を引いていいます。〔三四二〕）に乱暴をはたらきます。

具体的にいうと、天照大御神のつくる田の畦を壊し、溝を埋め、また、天照大御神が大嘗をする御殿に糞をしてまき散らしたのでした。
それでも天照大御神はとがめず、

「屎《クソ》なすは、酔ひて吐き散らすとこそ、我がなせの命如此為つらめ。又田のあ離ち溝埋むるは、地をあたらしとこそ、我がなせの命如此為つらめ」

と、「詔り直」します。「糞のようなのは糞でなく酔って吐き散らしたのであり、畦を壊し溝を埋めたのは土地がもったいないと思ってそうしたのでしょう」とよきにいいなすのでした。しかし、須佐之男命の悪しきわざはなおやまず、天照大御神が神にたてまつる御衣を織らせていた服屋の天井に穴をあけて、「逆剝ぎに剝」いだ（「尾の方より逆に皮を剝なり」〔三四九〕）馬を投げ入れ、これを見て驚いた服織り女が梭で女陰をついて死んでしまいます。そうして天照大御神は天の石屋の戸を開き、かたく閉ざしてこもってしまいます。

それに対して宣長の指摘した問題は本質的です。ここで乱暴をはたらくということそのものを問題とするのです。

此段に論べきことあり、須佐之男命既に御誓《ミウケヒ》に依て、御心の清明《アカキ》こと顕れ、我勝《アレカチヌ》と詔ひ、天照大御神も許諾《ウベナヒ》たまへれば、（書紀に、於是日神方知素戔烏尊固無悪意と云ひ、又故日神方知素戔烏尊元有赤心といへり、）此時既に御心の清明こと疑なし、然るに忽又かくの如く、天照大御神の御為に種々の悪事を為給は如何ぞや、此趣書紀の伝どもも皆同ことなるに、古来註者心を着ざるにや、如何とも論なきは麁《オロソカ》なりけり、〔三四七～三四八〕

その主旨は、「うけいによって須佐之男命に邪心のないことはあきらかとなり、わたしが勝ったといったのを天照大御神も承認したように見えて（そして、『日本書紀』には、日神は悪しき意なきことを知るといい、日神は元より赤き心あることを知るという）、このときに心の清きことは疑いないというのに、このように天照大御神に対して種々の悪事をはたらくのはどういうことか。『日本書紀』でもおなじ伝えだが、むかしから注をつけた者がいたのに気がつかなかったのであろうか、説明がされてこなかったのはおろそかだった」ということです。『日本書紀』として言及したのは、第一の一書と、第三の一書です。

要するに、心の「清明」なること疑いなきはずの須佐之男命の乱暴は理解しがたいというのです。

これに対して、『日本書紀』第三の一書が、もろもろの悪事をはたらいた後に石屋のことがあり、素戔鳴尊が追放されることとなって天にのぼりうけいがなされるという展開になっているのを、「此次第こそまことに然るべく思はるれ」といいます〔三四八〕。元来は、このかたちであったのだが、伊邪那岐神による追放と、祓えの後、諸神に追われるのとが似ているゆえに、混同して入れ替えてしまったのではないかというわけです。

ただ、一方で、『古事記』の趣のままで見ようとして、

此記等の趣を立てゝいはば、御誓の時は実に御心清明かりしかども、誓に勝給へる御心おごりに依て、又しも本性の悪心は起《オコリ》しにや、（此記には、於勝佐備と云言あれば、如此も云つべし、書紀にはさる言もなくて、是後素戔嗚尊之所行也甚無状と書出せる、あまりゆくりなく俄に聞ゆ、清心何故に忽かはりて如是《カカ》るにか、）〔三四八〕

ともいいます。勝ったという心おごりによって本性があらわれたのではないかというのですが、「勝ちさび」という『古事記』ならそういえそうだが、「是の後」といっただけで乱暴につづく『日本書紀』は、なぜ唐突に「清心」がかわってしまうのか不審だといいます。

ここはたしかに問題だといわねばなりません。「如何とも論なきは麁《オロソカ》なりけり」〔三四八〕という宣長の問題感覚はやはり正当だというべきです。ただ、『古事記』『日本書紀』をひとつにして見ようとするものですから、その解決はかならずしもすっきりしません。

このことについて、最近、金沢英之「オシホミミの位置――ウケヒによる出生をめぐって――」（『国語と国文学』八三巻六号、二〇〇六年六月）が、あくまで『古事記』に即して見る立場からあたらしい理解を提起しています。須佐之男命は、天照大御神の「詔り別け」をいわば勝手に解釈して勝利宣言し、その結果「勝ちさび」というかたちで混乱をもたらし、事態をうごかしてゆくととらえるのです。「五男三女渾《スベ》て一に、大御神と須佐之男命との御子にて、本は何れが何れの御子と云別は無

き」（前章に見たとおり、これが宣長の把握です）という地の文と、天照大御神の「詔り別け」と、須佐之男命の宣言とを、それぞれ次元を異にするものだと見て解くものです。金沢説は、須佐之男命のこころが実際に「清明」であったかどうかとはべつに見ようとすることにたちます。それは『古事記』の理解として明快です。

天照大御神の「御徳」

さて、この巻のハイライトは第二段、天照大御神が石屋にこもったために世界は「常夜往く」とともにあらゆるわざわいがおこり、神々が大御神を引き出そうとしたことをいうくだりです。『古事記』の本文は、

[二]爾《スナハ》ち高天原皆暗く、葦原中国悉に闇し。此れに因りて常夜往く。是に万神の声は狭蠅なす皆満《ワ》き、万妖悉に発りき。是を以て八百万の神天安の河原に神集ひ集ひ**て**、高御産巣日神の子《ミコ》思金神に思はしめ**て**、常世の長鳴鳥を集へて鳴かしめ**て**、天安河の河上の天堅石《アメノカタシハ》を取り、天金山《アメノカナヤマ》の鉄《カネ》を取り**て**、鍛人《カヌチ》天津《アマツ》麻羅《マウラ》を求《マ》ぎ**て**、伊斯許理度売命に科《オホ》せて鏡を作ら令め、玉祖命に科せて八尺勾璁《ヤサカノマガタマ》の五百津《イホツ》の御すまるの珠を作ら令め**て**、天児屋命布刀玉命を召び**て**、天香山《アメノカグヤマ》の真男鹿《マヲシカ》の肩を内抜きに抜き**て**、天香山の天のははかを取り**て**、占合《ウラ》へまかなは令め**て**、天香山の五百津《イホツ》真《マ》賢木《サカキ》を根こじにこじ**て**、上枝《ホツエ》に八尺勾璁の五百津の御す

『古事記伝』八之巻・神代六之巻——天の石屋ごもり

まるの玉を取り着け、中枝に八尺鏡《ヤタカガミ》を取り繋け、下枝《シヅエ》に白にぎて青にぎてを取り垂《シ》でて、此の種種の物は、布刀玉命ふと御幣《ミテグラ》と取り持たして、天児屋命ふと詔戸《ノリト》言禱《ゴトネ》ぎ白して、天手力男神戸の掖《ワキ》に隠り立たして、天宇受売命天香山の天の日影を手次《タスキ》に繋けて、天の真拆《マサキ》を鬘と為て、天香山の小竹葉《ササバ》を手草《タグサ》に結ひて、天の石屋戸にうけ伏せて、踏みとどろこし神懸り為て、胸乳を掛き出で裳緒《モヒモ》をほとに忍《オ》し垂れき。爾《カレ》高天原動《ユスリ》て八百万神共に咲《ワラ》ひき。

とあります。

天照大御神がこもったためにもたらされた事態を述べ、それに対して、思金神の思いはかりのもとに神々のおこなったことをならべるのです。

事態は、須佐之男命が泣くことによってもたらしたところとおなじです。それについては、前章で見たとおりです（本書、一二〇～一二二ページ）。『古事記伝』がここで「万神」は「悪神《アラブルカミ》」のあやまりかといい、「満」は「涌」のあやまりだとするのも〔三五二〕、そこからきています。そのわざわいのもとは黄泉の穢れなのだと念を押します（これも前章に述べました）。

なお、ここでは、わざわいは天照大御神がこもったために「常夜往く」（昼がなく夜のみでときが過ぎてゆく）ということとともにありますから、わざわいのおこらないのも、「此大御神の照したまふ御徳《ミメグミ》」（天照大御神が照らしているおかげ）だということになります〔三五二〕。

「而《て》」の繰り返しによる神々のおこないの網羅

この事態に対して、打開のための思金神の思いはかりと、それをうけてなされた神々のおこないが述べられます。神々のおこなったことは、「て」でならべられます。さきの引用ではゴシック体で示しました。原文では「而」です。このことについて、『古事記伝』はこういいます。

而字、上の神集々而とあるより是まで、合て二十あり、其中に、某《ナニ》を云々而後《シカシカシテノチニ》某を云々すといふには非《アラ》で、たゞ種々事《クサグサノコト》を並挙《ア》ぐとて云る辞なる多し、〔三七七〕

天宇受売命が「為神懸而《カムガカリシテ》」という、「而」につけられた注ですが、「而」がになうのは時間的展開でなく、並列と見るべきだというのです。しつこいほどの「而《テ》」の繰り返しに対する適切な注意です。現在の注釈には、「口誦的な文章の表現と見るのが穏やかであらう」（倉野憲司『古事記全註釈』。『古事記伝』を引用しつつこういいます）、「一センテンスに「……して」（而）をえんえん二十回近くもくり返したシャーマニスチックな語りくち」（西郷信綱『古事記注釈』）というかたちで、「口誦的」「語りくち」を見るものがおおいのですが、『古事記伝』はとどまるべきところにとどまっているといえます。大事なのは、神々がおこなったことを時間的な前後にかまわず、できごととして網羅しようとすることにあります（このことは、神野志隆光『漢字テキストとしての古事記』東京大学出版会、二〇〇七年に述べたとおりです）。『古事記伝』は、その核心をいいあてています。

神々が集っておこなったことは、「而《テ》」を単位として列挙すれば、①思金神に思いはからせる、②

常世の長鳴鳥を集めて鳴かせる、③堅い石を取り鉄をとる、④天津麻羅をさがし出す、⑤伊斯許理度売命に命じて鏡を作らせ、玉祖命に命じて八尺勾璁の五百津の御すまるの珠を作らせる、⑥天児屋命・布刀玉命を召す、⑦天香山の雄鹿の肩の骨をそっくり抜き取る、⑧天香山のははか（カニワ桜）を取る、⑨骨を焼いて占わせる、⑩天香山の茂った榊を根こそぎ掘り取る、⑪上枝に玉をつけ、中枝に八尺鏡をかけ、下枝に白い幣と青い幣とをさげる、⑫それらを布刀玉命が御幣としてささげ持つ、⑬天児屋命が祝詞を申し上げる、⑭天手力男神が戸のわきに隠れ立つ、⑮天宇受売命が天香山の日陰蔓を襷にかける、⑯真拆蔓を髪飾りにする、⑰天香山の笹の葉を束ねて手に持つ、⑱石屋の戸の前に桶を伏せる、⑲それを踏み鳴らして神懸りする、⑳胸乳を露出させ裳の紐を女陰までおし垂らす、となります。⑤—⑪、⑦—⑧—⑨など、順序のように見えるところもありますが、全体としていえば、並べて網羅するのが機軸であることは宣長のいうとおりです。

天津麻羅の役割

それらのなかで宣長がとくにこだわっているのは、④の天津麻羅《アマツマウラ》と、⑪の八尺鏡《ヤタカガミ》のことです。天津麻羅は、「鍛人《カヌチ》」とあり、鍛冶をさすと見られます。ただ、これについてはさがし出したというだけで、何をつくらせたかをいわないのです。宣長は「此麻羅を求たるは、何物を造しめむとてにか、甚も意得《ココロエ》難し」〔三―五四〕と、その役割を問題とします。

そして、麻羅は矛をつくったとあったのがおちてしまったのだといいます。その根拠は、『日本書紀』第七段の第一の一書に、石凝姥《イシコリドメ》に「日矛」を作らせたとあることです。

石凝姥を以て冶工として、天香山の金を採りて、日矛《ヒボコ》を作らしむ。又真名鹿の皮を全剝ぎて、天《アマノ》羽鞴《ハブキ》に作る。此を用て造り奉る神は、是即ち紀伊国に所坐す日前神なり。

とあります。「石凝姥」には、イシコリドメという訓注があり、『古事記』の伊斯許理度売命にあたります。天照大神が「天石窟」にこもったので、その神の「象《カタチ》」を造ろうとしたというのをうけて、こうあるのです。

「日矛」は矛としかとりようがなく、「又」以下が鏡であることは疑いないのであって、ふたつをおなじ天香山の金をもって作ったのだとおさえて、こういいます。

彼は矛と鏡と共に石凝姥に造らせ、此記は矛をば別に此天津麻羅に造らせたりといふ伝なるべくや、然ば此名の下に、矛を作しむることの有しが、脱たるなるべし、〔三五五〕

と。「彼」とは『日本書紀』（第一の一書）のことです。そこでは石凝姥が矛と鏡とをつくったというが、『古事記』は、鏡とべつに天津麻羅が矛をつくったという伝えだと見るのです。

そして、矛のことがおちたということについては、『日本書紀』第七段本書に「猨女君の遠祖天鈿女命《アマノウズメ》、則ち手に茅纏《チマキ》の矟《ホコ》を持ち、天石窟戸の前に立たして、巧に作俳優《ワザヲキ》す」とあることでも、『古語拾遺』に、やはり天鈿女命が「手に鐸《サナギ》着けたる矛を持ちて」とあることでも、天宇受売命が矛

を持ったことはたしかだと、矛を持ち込んで見るべき正当性を説きます。さらに、

矛の料なる故に、其加尼《カネ》にも鉄字は書るなるべし、（鏡ならば鉄とは書じ、）〔三五六〕

といいます。鏡は銅でつくるものであるから、「天金山の鉄を取りて」とあるのは、矛の材料としていうのであって、鏡にかかわるものではないと念を押すのです。じつに周到で、説得的です。

こう見てきて、『古事記』も、『日本書紀』も、『古語拾遺』も、伝えの異なりはあるにせよ、おなじことを語るものであるというのを確信していることも注意されます。『古事記』と、『日本書紀』等とをおなじ平面において（『古事記』だけが特権的にあつかわれているわけではありません）、もとにあるものとしてのひとつのことを見定めて読まねばならないという、そうした態度において成り立つ注なのです。

八尺鏡

八尺鏡の注にも、そうした『古事記伝』の態度がよくあらわれています。

まず、原文では「於中枝取繫八尺鏡。訓八尺云八阿多。」となっているのですが、これについて、本文批判がなされます。

「八尺鏡」の「尺」は「咫」でなければならないといいます。出口延佳の説をよしとするのですが、アタには「咫」の字を書くのであって「尺」とは書かないこと、『古事記』においても、神武天皇条

の「八咫烏」に見るとおりだというのです。そのうえで、訓注について、「字訓を用たる例なく、又八を八と註すべき謂なければ、こは上下共にひがこと」〔三六一〕だというのはじつに明快です。「八＝ヤ」は訓ですから、音仮名を用いる訓注の字としてはありえないというのは、そのとおりですし、「八」を注するのに「八」を用いるのもおかしいというしかありません。本文は「八咫」であり、注は「訓咫云阿多」であるべきだというのは行き届いた本文批判といえます。

その「八咫」の意味を解くこだわりかたに『古事記伝』らしさが発揮されるのです。

此八咫の義を、古来とりどりに説れども、皆かなへりとは聞えず、（まづ、咫を八寸として、八咫は六尺四寸、これ囲《メグリ》の度にして、径り二尺一寸余なりと云は、釈に論ひたる如く、伊勢神宮の御樋代の度《ホド》にかなはず、又たゞ八寸と見れば、八てふ言由なし、神道八を尊ぶなど云めれども、由もなきことを漫《ミダリ》に加べきに非ず、〈略〉）〔三六二〕

「咫」は、長さの単位で八寸をいうとする（中国の字書『説文』等にそうあります）ことによる論議ははやくからありました。ここに「釈」というのは、『釈日本紀』のことです。宣長は、『釈日本紀』において、「咫」＝八寸が否定されたことを追認し、「咫」を寸法とみることを否定します。『釈日本紀』（巻七、述義三）を見ると、「私記」（「公望私記」＝元慶度の講書の私記に矢田部公望が注を加えたもの）の、咫は八寸で、八咫は六十四寸となり、これは周囲のことだから、径二尺一寸三分余の鏡だという論議を引用し、これを、卜部兼文（『釈日本紀』の撰者卜部兼方の父です）が否定した説を載せます。
その否定の論法は、伊勢神宮の神体である鏡（この段の鏡が降臨において与えられ、伊勢神宮にまつられたのです）を奉安する器（御樋代《ミヒシロ》）の寸法にあわないというものです。「御樋代」は、大神宮式（『延喜式』）によれば、「高二尺一寸。深一尺四寸。内径一尺六寸三分。外径二尺云々」とあって、径二尺一寸三分余のおおきさのものは入れることができません。宣長は、これを再確認するのです。

「又たゞ八寸と見れば」云々というのは、卜部兼文が、径二尺一寸三分余とする説を御樋代の寸法とあわないといって否定したうえで、「村上天皇御記」によって径八寸説を主張するからです。天徳四年九月に内裏が焼亡したときのこととして、内侍所の鏡が灰燼のなかに損傷もなく見出されたといい、「径八寸許」とあります（「村上天皇御記」は逸書ですが、この記事は『扶桑略記』や『釈日本紀』の引用によって見ることができます）。もし「径八寸」だとすれば、「咫」が八寸ですから、「咫」だけで十分です。「八咫」とある、「咫」のうえの「八」が過剰で、問題となります。兼文は「八字を加ふるは、八は神道の尊ぶところにして、八卦の数を為す故か」というのですが、宣長は、それを「由もなきこと」（根拠のないこと）として一蹴します（三六二）。

こうして、「八咫」を寸法とは認めがたいということになって、「八咫」は借字で、「八頭の意なるべし」と解することに導かれます（三六二）。それは、「神道五部書」の一『倭姫命世記』にこの鏡について「謂八咫者八頭也」とあること、また、おなじく「神道五部書」の『御鎮座伝記』『宝基本記』に「八咫古語八頭也、八頭花崎八葉形也、中台円形座也」とあることによります。これらの書に

飛雲鳳馬八稜鏡
奈良県吉野郡天川村金峯山出土
径20.8cm　重文　　東京藝術大学所蔵
(天馬双鳳八稜鏡)

唐花双鸞八花鏡
奈良市興福寺金堂須弥壇下出土
径15.3cm　国宝　　東京国立博物館所蔵
(双鳳八花鏡・草花双蝶八花鏡)
Image: TNM Image Archives
Source: http://TnmArchives.jp/

瑞花双鳳八稜鏡　　寛弘四年(1007)銘
奈良県吉野郡天川村金峯山出土
径12.1cm　重文　　東京藝術大学所蔵

図7　『国史大辞典』第3巻(吉川弘文館)**「鏡」の項に掲げる八花鏡、八稜鏡。**
(カッコ内は所蔵者による名称表記)

は信じ難いこともおおいが、鏡についていうところは古い伝えがあったのではないかというのです。図7に示したような形態を考えているらしいことがわかります。

なお、なぜ「八頭」がヤタ（ヤアタ）となるかについて、二つの案を提示しています〔二六二〕。一つは、『釈日本紀』に引く「村上天皇御記」に、「頭に小瑕有りと雖も専ら損すること無し」とあり、「頭」はハタと読むべしと『釈日本紀』にいうことをうけて、「魚の鰭《ハタ》と同意にて、かの花崎なる所」をいうのだとします。ヤハタをつづめてヤタとなったのだと解するのです。訓注はアタだが、それも八咫とつづければヤタとなるから差支えないとします。一つは、頭はアタマであって、今の世にいうアタマとおなじだとして、頭の八つあることをいうとします。八咫烏は、頭の八つある烏だと解されることとかかわらせるのです。

細部まで周到に考えてゆくことは見てきたとおりですが、モノとしての鏡へのこだわりかたは執拗です。そこにあるのは、諸テキストを、ひとつのおなじモノを語るものとして徹底して見てゆこうとする態度です。それは天津麻羅の注の態度とおなじです。

日の神の回復

第三段は、天照大御神を引き出し、その「御徳」を回復したことを語ります。

それがこの国だけでなく万国の問題であることは、日の神である以上当然でした。ある人の問いにこたえるかたちをとって、こう念を押します。

或人此事を疑て、天日は二なきを、此時吾邦のみ常闇にて、他国はさもあらざりしは如何と云は、殊に愚なる疑なり、他国にこのこと無りしは、何を以てしれるにか、漢籍に所見ことなきを以云にや、抑此時は彼国の何の代にあたれりと思ふにか、はるかに上代のことなれば、有無知べきに非ず、されど日神の隠坐るなれば、万国共に常闇なりしこと疑ひなし、〔三五二〕

要するに、「ある人が、我が国だけが常闇であって他国はそうでないというのはどうかと問うたが、まったく愚かな疑問だ。漢籍に書かれていないことによってそういうとすれば、遙か上代のことだから書かれようがないので、知りようがない。しかし、日の神のことなのだから、万国が常闇であったことは疑いない」というのです。

知りようがないといいつつ、日の神と見ることとの必然として明快に断言します。「故天照大御神出坐せる時に、高天原も葦原中国も自から照り明りき」で区切るのは、あくまで、日の神のことを語る段として見るということです。次の一節、須佐之男命の追放は、べつな場面、べつな話だと見るのです。

8、『古事記伝』九之巻・神代七之巻——八俣大蛇《やまたおろち》退治

須佐之男命の話としての全体

この巻は、追放された須佐之男命が、大気津比売神殺し・八俣大蛇《ヤマタヲロチ》（ヤマタノヲロチ、とノを添えて読んではいけない、八尋殿＝ヤヒロドノ、十拳剣＝トツカツルギ等とおなじだといいます。〔三九七〕）退治を経て、須賀に「大神」として鎮座することを、ひとつの話として読むものです。前章に述べたとおり（本書一三八～一三九ページ）、須佐之男命に祓えを科して追放するのを、石屋ごもりの結末ではなく、須佐之男命の話のあらたな展開のはじまりとして読むのです。

そして、第一段＝祓いを科されて追放される、第二段＝大気津比売神を殺す、第三段＝八俣大蛇のことを知る、第四段＝大蛇を斬り草なぎの大刀を得る、第五段＝須賀の地に宮を作ると、場面によって区切って段落をたて、そのあとにつづく系譜記事は、ふたつにわけて、第六段＝須佐之男命の御子神たち、第七段＝その子孫、とします。

第三～五段は、ひと続きともいえますが、出雲国の鳥髪《トリカミ》の地に降った須佐之男命が、櫛名田比売《クシナダヒメ》を中にして泣いている足名椎《アシナヅチ》・手名椎《テナヅチ》に出会って、年毎にやってきてむすめを食う大蛇の話を聞き（第三段）、八の酒船を用意して大蛇に飲ませ、酔い臥したところを斬って草なぎの大刀を得る（第四段）、その後、宮を作るべき地をもとめ、須賀に宮を作る（第五段）という、物語の展開で区分するのは、わかりやすく明快です。

大気津比売神殺しの位置

［一］是に八百万の神共に議りて、速須佐之男命に千位置戸《チクラオキド》を負《オホ》せ、亦鬚を切り、手足の爪をも抜かしめて、神やらひやらひき。
［二］又食物《ヲシモノ》を大気津比売《オホゲツヒメ》神に乞ひたまひき。爾に大気都比売、鼻口及尻より、種種の味物を取り出て、種種作り具へて進る時に、速須佐之男命、其の態《シワザ》を立ち伺ひて、穢汚《キタナ》きもの奉進ると為《オモホ》して、乃ち其の大宜津比売神を殺したまひき。故、殺さえたまへる神の身に生《ナ》れる物は、頭《カシラ》に蠶《カヒコ》生り。二つの目に稲種生り。二つの耳に粟生り。鼻に小豆生り。陰《ホト》に麦生り。尻に大豆生りき。故、是に神産巣日御祖《ミオヤ》命、茲《コレ》を取ら令めて種と成したまひき。
［三］故、避追《ヤラ》はえて、出雲国の肥の河上なる鳥髪《トリカミ》の地《トコロ》に降りましき。（以下略）

第一段から第三段まではこう展開しますが、第二段がうまくおさまらないことが、問題となります。

この段は「又食物を大気津比売神に乞ひたまひき」とはじまります。そして、大気津比売神が鼻・口・尻から食べ物をとり出してたてまつったとき、それをうかがい見ていた須佐之男命が、汚してたてまつると思ってこの神を殺してしまうのですが、殺された神の体の、頭にはカイコ、目には稲、耳に粟、鼻に小豆、陰部に麦、尻に大豆が生じ、神産巣日神がこれを取らせて種としたとあります。

第一段の最後に「神やらひやらひき」とあって、第二段が「又」とはじまるのです。「乞ふ」の主語を須佐之男命として見るならば、「必所逐《ヤラハレ》たまひて後の事、此上に別に有らでは、又と云ることいかにぞや聞ゆ」（追放された後のことが上にないと、又というのは変だ。〔二八七〕）というのは当然です。第二段の文脈的なつながりが問題なのです。

それに対して、「又」の上に、追放された後のことをいう記事があったはずだ（『日本書紀』の第七段の第三の一書に、雨の降るなかに衆神に宿をもとめても拒否され、ひどい風雨でもやすむことができず辛苦して降った、とあるのを見合わせます）という真淵の説によって、須佐之男命のことを述べる文脈としてのおさまりのわるさを解消しようとしたのでした。須佐之男命にかかわるべつな話を挿入したから不自然になったのだというような理解（たとえば、倉野憲司『古事記全註釈』）もおこなわれてきましたが、それでは解決になりません。『古事記伝』は、あくまで『古事記』の文脈において考えてゆこうとしました。しかし、『日本書紀』を持ち込むのではすっきりとした問題解消にはなりません。

追放するのが八百万神ですから、その神々を主語として「又……乞ひき」というとするのが、現在の注釈の大勢です。神々が、追放する須佐之男命のために食物をもとめたと解するものです。

しかし、第三段は「故、避追はえて」とおこされていて、第一段の末尾の「神やらひやらひき」からはすっとつながりますが、第二段が、「神産巣日御祖命、玆を取らしめて、種と成したまひき」とまとめるところからはつづきません。『古事記伝』が、そのままでは、「避追はえて」の主語が神産巣日神になってしまうといった問題がのこります。

故下に速須佐之男命者と云ことあるべし、然らざれば、神産巣日神の避追《ヤラハ》れ給ふごと聞ゆるなり、かゝれば大宜都比売神の御事の、此上に出たるは、左右《カニカク》に疑はしくなむ、〔三九一〕

というとおりです。『古事記伝』の提起した、第二段のおさまらなさの問題は解消されたとはいえません。

穢れをはらいすてた須佐之男命

ただ、その文脈理解如何にかかわらず、須佐之男命が大気津比売神を殺したということは動かせません。

須佐之男命は祓いをしたにもかかわらず、どうしてまたかかる乱行をはたらくのか、そのことを起点として、話の展開が読まれます。これについて、

殺《コロシタマフ》は、既に解除《ハラヒ》し給ひしかども、なほ悪《アシキ》御心の、清まりはてぬなるべし、〔三八九〕

といいます。祓いはしたが、悪心は完全に清くなりはてはいないというのです。そして、この神を殺すことによって種々の穀物の種を得たことについて、「善は悪よりきざす理」はおなじことだと念をおします。

つまり、なお悪心ののこる須佐之男命の話として読むというのです。そして、第五段に、須賀の地

にいたって「我が御心すがすがし」といってその地に宮を作ったというところの注にこうあります。

抑々前に既に御身の鬚爪などまでを抜て、祓たまひしかども、なほ穢の尽終ざりしにや、其後しも大宜都比売神を、ゆくりなく殺給ふ悪行《アシキワザ》あり、(然れども、此神の御身に種々《クサグサ》物の成て、世の大なる利《クボサ》を得つるは、祓除《ハラヒ》の功徳《イサヲ》にて、悪事の中より、はや善事の始れるなり、)さて後に大蛇を斬て、無上霊剣《ウヘナキアヤシキタチ》を得て献り給へる、此功《イサヲ》たぐひなきに因て、(蛇を殺して、民の害を除きたまふを以て功とするは、あたらず、其ばかりの事は、此神の御上にとりては、何ばかりの功にもあらじをや、)以往《コシカタ》の穢は、皆尽はてたる故に、今自ら御心ち清々しく為て所思めすなるべし、

〔四〇八〕

大意は、「鬚爪まで抜いて祓いはしたが穢れがなお尽きなかったので、大気津比売神を殺すという悪行もあったが、大蛇を斬って草なぎの大刀を得、それを天照大御神に献じた功によって、これまでのすべての穢れはつきはてたが故に、御ここちすがすがしくなったと思ったのだ」となります。

穢れを完全にはらいすてる(ずっとひきずられていた黄泉の穢れが尽きはてるということです)にいたった須佐之男命を語るものとして、追放から須賀の宮作りまでをひとつの話として読むということなのです。

須佐之男命・月夜見命同一神説

その『古事記伝』の読みのなかで注意されることのひとつは、須佐之男命と月夜見命とが同一神ではないかとすることです。

それは、大気津比売殺しとよく似た話が、『日本書紀』に月夜見尊の保食神殺しとしてあることにかかわります。第五段の第十一の一書に、月夜見尊が天照大神の勅をうけて天降って保食神のところに行ったとしてこうあります。

> 保食神、乃ち首を廻して国に嚮《ムカ》ひしかば、口より飯出づ。又海に嚮ひしかば、鰭の広・鰭の狭、亦口より出づ。又山に嚮ひしかば、毛の麁・毛の柔、亦口より出づ。夫の品の物悉に備へて、百机《モモトリノツクエ》に貯へて饗たてまつる。是の時に、月夜見尊、忿《イカ》然り作色《オモホテリ》して曰はく、「穢しきかな、鄙しきかな、寧ぞ口より吐れる物を以て、敢へて我に養ふべけむ」とのたまひて、廼《スナハ》ち剣を抜きて撃ち殺しつ。（略）是の後に、天照大神、復天熊人《アマノクマヒト》を遣して往きて看しめたまふ。是の時に、保食神、実に已に死れり。唯し其の神の頂に、牛馬化為る有り。顱《ヒタヒ》の上に粟生れり。眉の上に蠒《カヒコ》生れり。眼の中に稗生れり。腹の中に稲生れり。陰に麦及び大小豆生れり。天熊人、悉に取り持ち去きて奉進る。

神の名は違うがおなじ話だといってもよいものです。これに対して、『古事記伝』は、天照大御神の命令で月夜見尊が行くとあるのは「伝の異なるなり」といいながら、保食神と大気津比売とは同じ神だ（五之巻、二一六〜二一七にすでに説かれています）ということをもとにおいて、「もと月夜見命と須佐之男命とは、一神かと思はる、こと多し」〔三八八〕といいます。さりげなくいいだしていますが、問題は小さくありません。

そこにいわれるところを整理すると、次のようになります。

1、「月夜見の夜見は黄泉にて、須佐之男命の就帰たまへる国名なり、根国は即黄泉のことなる由は、既に上に云るが如し」〔三八八〕。「上に云る」とは、七之巻のことです。須佐之男命は海原を統治することを命じられたのに、「妣の国根之堅洲国」にゆきたいといって泣きわめき、そこに行くことになります。「妣」は黄泉にいる伊邪那美命のことだから根の国は黄泉国であり、その黄泉は月夜見の夜見だというのです。「昼夜を以云ば、昼は此世、夜は黄泉なれば、夜食国も由あり」〔三八八〕と、黄泉＝夜食国として納得されるともいいます。

2、「又此記に、須佐之男命に、海原を治せと事依したまへると、書紀一書に、月夜見命に、滄海原潮之八百重を治せとあるとを、思ひ合すべし」〔三八八〕。「書紀一書」とは『日本書紀』第五段、第十一の一書のことです。須佐之男命も、月夜見命も、海を統治する神とされるのが、二神の同一の証だといいます。

3、「又こゝの須佐之男命の、大宜都比売神を殺し給へるを、書紀には月夜見命として、天照大神怒甚之、曰汝是悪神、不須相見、乃一日一夜隔離而住とあるも、須佐之男命めきて聞ゆるをや」〔三八八〕。『日本書紀』では月夜見命が大宜都比売神を殺すとあり、それはおなじ神のおなじ話と見るべきであって、天照大御神が遠ざける月夜見命ということにも須佐之男命の印象があるというのです。

見るとおり、神話世界の根幹におよぶ問題となるのですが、宣長は、「今たやすく云べきにあらず」〔三八八〕と、同定の結論をくだすのは躊躇しています。「諸の古書に、此を一神としたる伝へはなくして、みな別神としたる」〔三八八〕からです。やはり別神だとして、ここではひきあげるのですが、同一神説は放棄されたのではなく、あらためて十七之巻の付巻の『三大考』において浮上してきます。

『三大考』は弟子の服部中庸の著ですが、宣長の指導のもとになされ、付巻としておさめられました。宣長説といってもよいくらいですが、この付巻は、黄泉の国＝夜の食国＝根の国、月読命＝須佐之男命として、神話世界を構造化して図式化しています。

須佐之男命・月夜見命同一神説がむしろ発展させられることを見るのです。図8を見てください。『三大考』の第七図ですが、この図の説明において、右の『古事記伝』の説を敷衍しつつ、『日本書紀』の一書と『古事記』との関係についても、

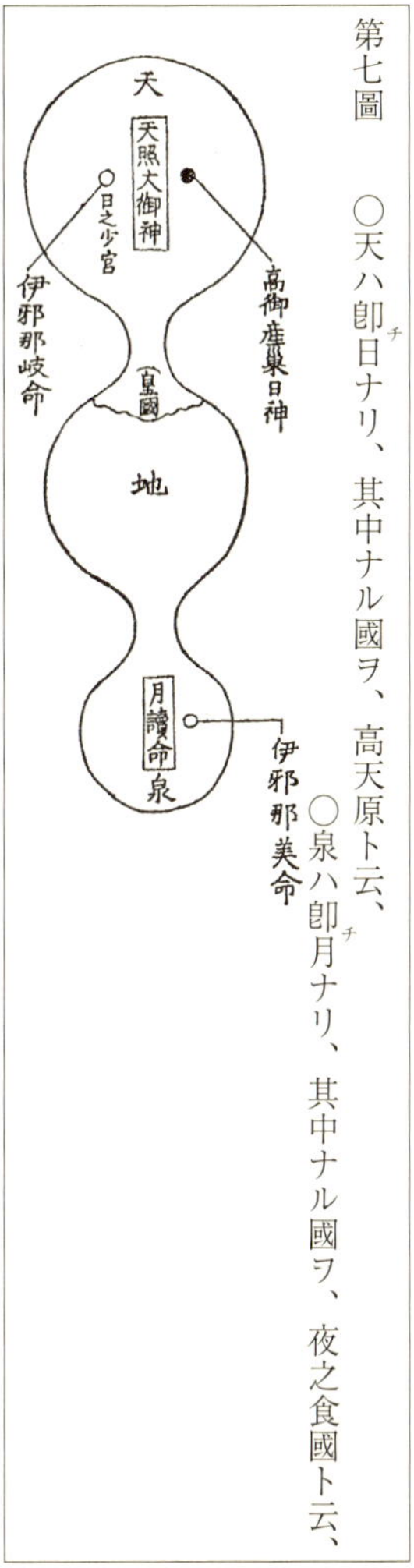

図8　『三大考』第七図。
（『本居宣長全集』第十巻、筑摩書房、一九六八年）

書紀の伝々を考見るに、何れの伝へにも、須佐之男命の悪行を挙たるに、かの保食神の一書にのみは、須佐之男命の事はなくて、月読命の悪行を挙たる、其事即記にては、須佐之男命の事なる、これら全く一神とこそ聞ゆれ、〔十七之巻付巻、10・三〇九〕

と、月読命の保食神殺しを語る第十一の一書には須佐之男命のことはでてこないという記事のありようも加えて、同一と見るべきことをより明確に主張します。（『三大考』については、あとで十七之巻のところでまたふれることにします。）

「草なぎ」の名

また、「草なぎ」の名の由来のとらえかたにも注意されます。

八俣大蛇退治について、霊剣を得て天照大御神に献上したことに重きをおくことは、さきの引用に「霊剣を得て献り給へる、此功たぐひなきに因て、（蛇を殺して、民の害を除きたまふを以て功とするは、あたらず）」〔四〇八〕とあるのに見るとおりです。

第四段の『古事記』本文の最後に、

> 故其の中の尾を切りたまふ時御刀の刃毀《カケ》き。（爾）怪しと思ほして、御刀の前以ちて刺し割

きて見そなはしかば、つむがりの大刀あり。故此の大刀を取らして、異しき物ぞと思ほして、天照大御神に白《マヲ》し上げたまひき。是は草なぎの大刀なり。

とあるのを、「白し上げ」は、「此大刀を得給ひつる事のあるかたちを白して、献りたまふなり、〈略〉上とは、此国より高天原に上るを以ていふなり」としたうえで、「草なぎ」という名は「後名を挙て知らせたるもの」だといいます〈四〇六〉。

「後名」というのは、『日本書紀』第八段本書に、大蛇を斬り、その尾を裂いて剣を得た、これが草薙剣だとした（『古事記』とおなじです）、その注のかたちで、「一書に云はく、本の名は天叢雲剣。蓋し大蛇居る上に、常に雲気有り。故以て名くるか。日本武皇子に至りて、名を改めて草薙剣と曰ふといふ」とあることによります〈四〇六〉。もとの名は、天叢雲剣で、日本武尊のときに草薙と名づけたというのです。

『日本書紀』景行天皇四十年是歳条にも、「一に云はく」として、日本武尊が佩いていた叢雲剣が、おのずからぬけて草をなぎ払って難を逃れたことによって草薙の名を得たとあります。「後名」とは、『日本書紀』もおなじことを語るものとして見ることの当然の帰結です。

しかし、『古事記』では倭建命の話のなかで「草なぎ」の名の由来を述べることはありません。

是に先づ其の御刀以て草を苅り撥ひ、其の火打を以ちて火を打ち出、向火を著けて焼き退けて、

とあるだけです。宣長も、

此《ココ》は連《ツヅ》きの文に、苅撥草と云故に、草那芸剣を以てと云ては、言重なりて煩はしさに、たゞ其御刀とのみ云るにもあるべけれど、若然らば、いよゝ此下に、此に因て草那芸と号《ナヅ》くと云こと有らでは事足らず、〔二十七之巻、11・二二六〕

と、不審を呈します。「すぐつづく文に草を刈りはらうとあるので、草なぎの剣を以ってというのでは、草なぎが重なって煩わしいということで、その御刀というのであろうが、もしそうならば、いっそう、この後に、これによって草なぎと名づけたということがないと十分でない」というのです。そして、草なぎと名づけたという文が漏れたかといいつつ、もとよりそうした伝えがなかったという可能性にも言及します。

もし、もとより伝えがなかったということならば、「草なぎ」とは倭建命の話に由来する名ではなく、ただ一般的に「其利きことを云る名なるべし」〔11・二二六〕と、その剣のよく切れることをいう

ものと解されるといいます。

『古事記』に即していえば、「草なぎ」はもとよりの名であって、倭建命のために、その名のとおりにはたらいたということではないかとわたしは考えます。ちなみに、倭建命の話を「草薙ぎ」の起源とすることから離れて見るこころみが、佐竹昭広『古語雑談』（『佐竹昭広集　第二巻』岩波書店、二〇〇九年。初出、岩波新書一九八六年）にあります。「クサは嫌悪・忌避の念をこめた「臭」、ナギは蛇の意」で、クサナギは、「恐ろしい蛇の意をあらわす」というのです。もとより剣の名としてありえた可能性をさぐるこころみです。

二十七之巻では「後の名」と決めつけずに、周到にべつの可能性も留保していますが、この巻では倭建命の話に由来を負うことを自明の前提としているように受け取られます。『日本書紀』とひとつのこととして見るという規制がそこにあります。二十七之巻ではそうではないので、ふたつの巻のあいだでやや異なった印象を受けますが、場面場面の読みがもたらす揺れとして見ておきたいと思います。

「大神」として鎮座する須佐之男命

穢れをはらいすてた須佐之男命は須賀の地に鎮座した、熊野大神がそれだ――、それが『古事記伝』の読む須佐之男命物語の結末です。

第五段の『古事記』の本文に、「茲《コ》の大神初め須賀の宮作らしし時に」とあります。『古事記伝』は「茲の大神」について、ここではじめて「大神」というと注意をうながしたうえで、こういいます。

さて此は、熊野宮に鎮坐ところを指て申せるなり、（若然らずは、更めて玆大神と云べきに非ず、）於今云須賀と云て、其須賀宮に鎮坐玆大神と云意、おのづからあらはなり、（須賀と熊野とは、本一なりしが、やゝ後には、その須賀てふ名は、近きわたりの山川にのこり、熊野てふ名は、神宮にのこりて、つひに別なるが如くなれるなり、〈以下略〉）〔四一〇〕

「ここは熊野の宮に鎮まっていますところを指していうのだ。そうでなければ、あらためて、この大神、とはいわない。今に須賀という、をうけてのことだから、須賀の宮に鎮まっていますこの大神という意であることはおのずからあきらかだ。須賀と熊野とはもとひとつであったが、後に須賀という名はちかくのあたりの山川にのこり、熊野という名は神宮にのこって、別であるかのごとくになったのだ」というのが大意です。

須賀に宮を作って「坐しましける」とあるのは、現し身は根の国にゆくとしても、霊はそこにとどまって鎮座したのだととらえることになります。出雲国の肥の河上なる鳥髪の地に降ったのであり、須賀も出雲国にもとめられねばなりません。そこでてがかりを『出雲国風土記』にもとめて、大原郡須我山に着目しました。その須我山は、意宇郡にも「意宇郡野代川、源出郡家正南一十八里須我山」とあって大原・意宇両郡の境と見られ、さらに、意宇郡に「熊野山、郡家正南一十八里、所謂熊野大神之社坐」とあることから、次のように導くのです。

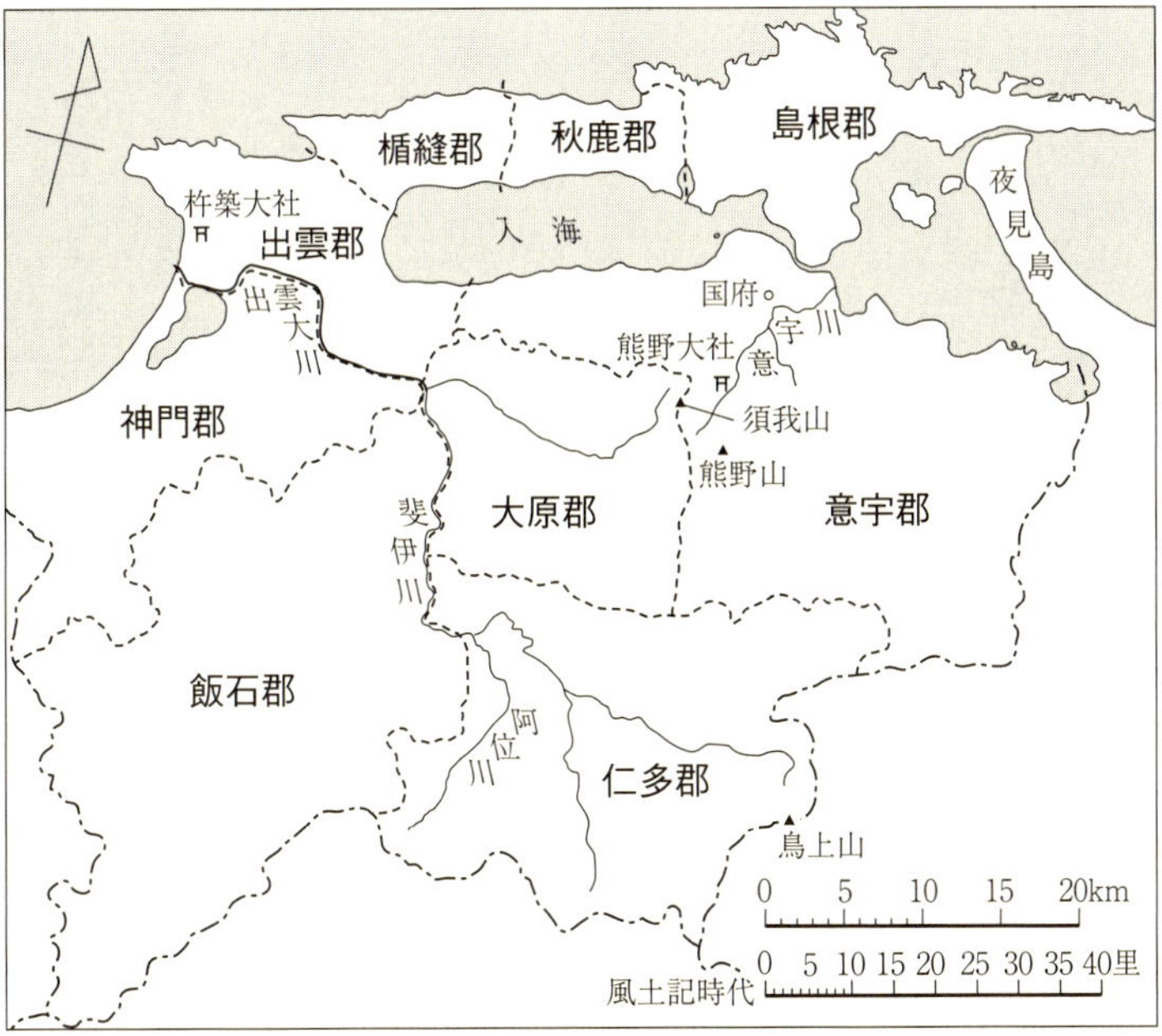

図９　参考地図。原図は、日本古典文学大系『風土記』（秋本吉郎校注、岩波書店、1958年）付載「出雲国風土記地図」。宣長も、地図を用意していたと思われます。

かゝれば、須我山熊野山は、相並べる処なれば、（共に郡家正南十八里とあればなり、）熊野神宮ぞ、即此須賀宮処なるべき、〔四〇九〕

と、須賀と熊野とをもとよりひとつであったと見ることは明快です。

さらに、熊野神社についてては延喜式に登載されることをたしかめ、「出雲国造神賀詞」に「伊射那伎乃日名子、加夫呂伎熊野大神櫛御気野命」とある（『風土記』もおなじ）のを重ねて、須佐之男命・熊野大神同一神説は成り立ちます。

須賀＝熊野という地名把握と、熊野大神は伊邪那岐命の愛子だということとが、須佐之男命・熊野大神同一を導くのでした。須賀に鎮座したということを、『出雲国風土記』に登載される神社（それ以外にありえません）にもとめねばならない以上、それは当然の帰結でした。

しかし、新編日本古典文学全集など『風土記』の現在の注釈では、『出雲国風土記』は、宣長とは違う本文で読まれていて、須我山の位置は「郡家西南」とあります。宣長の同一説は根拠を失うことになります。前のページに参考地図（図9）を載せましたが、須我山は宣長説とは違う位置になります。

おなじ事として読む

『古事記』と『出雲国風土記』とにおなじこと（ことがら）を見るという態度は、「草なぎ」について『日本書紀』とひとつにして名の由来を見ることに通じています。

事（ことがら）としておなじでなければならないものとして確かめるというべきかもしれません。

そして、むしろ、『日本書紀』によって読みがささえられるということを見ます。

二三あげれば、たとえば、降った須佐之男命にであった老夫が「僕は国つ神、大山津見神の子なり」と名のったところに、「国つ神」で句点をつけて、こう注します。

> 国神、こは大山津見神に係りて聞ゆれども、（子の下に助字をおきて、此下にはおかず、又下に更に僕名と云るなどを思へば、大山津見へ係りて聞ゆれども、）書紀に吾是国神号脚摩乳《アシナヅチ》と見え、又記中に僕者国神、名猿田毘古神、又僕者国神名謂井氷鹿《ヰヒカ》などある例に依るに、自云るなり、されば此《ココ》にてしばらく読絶《ヨミキル》べし、〔三九五〕

大意は「本文は国神大山津見神之子焉とあって、国神の下には助字がなくて、国神大山津見神と続くように思われるかもしれないが、『日本書紀』には吾は国つ神なり、号は脚摩乳とあり、又、『古事記』中にも、僕は国つ神名は猿田毘古神なり、僕は国つ神名は井氷鹿などとある例によって、自らを国つ神といったものだから、国神で切って読むべきだ」となります。

名のりとして自身の出自をいうと見るのですが、『日本書紀』のおなじ場面が引き合わせられることがまずあって、それを補強して『古事記』中の例をあげるのです。

また、大蛇からすくった比売の名「櫛名田比売」の名義について、櫛は（借字）書紀に奇《クシ》と作《カキ》て、美称《タタヘナ》なり、例は記中に、櫛八玉神櫛石窓神櫛御方命など、猶多かり、名田は稲田にて地名なり、（略）書紀には奇稲田媛と書れたり、〔三九六〕

と、「櫛」は美称で、「名田」は稲田だと、『日本書紀』の表記にそのまま依拠して解かれます。

さらに、「其童女をゆつ爪櫛に取り成し」という本文について、こうあります。

さて此《コ》は、下に令取其御手者、即取成立氷、亦取成剣刃、とあると同くて、此物を変化《カヘ》て彼物に為なり、書紀に、立化奇稲田姫為湯津爪櫛、而挿於御髻と書れたる、化字にて明し、〔四〇一〕

『古事記』の国譲りにおいて建御雷神が、その手を建御名方神に取らせて、たちまち手を氷柱にかえ、また剣の刃に変えたという例をあげながら、おなじ場面の『日本書紀』に、「立化奇稲田姫為湯津爪櫛、而挿於御髻」とあって「化」で表現されることでべつの物に変えるのをいうことはあきらかだというのです。「比売の身体《ミ》を櫛に変化《ナシ》て、須佐之男命の、己命の御美豆良に刺給なり」（比売の身体を櫛にかえて須佐之男命が自分の髪にさした）と明快に解します〔四〇一〕。

事としておなじだということにたって、『日本書紀』によって理解するというべきです（おなじ事として確かめねばやまないのです）が、『日本書紀』との違いも、その点から解くことになります。

この巻の最後、第七段は、須佐之男命の子、八嶋士奴美神から大国主神にいたる系譜記事です。六世の孫として大国主神を登場させ、十之巻につづきます。

しかし、『日本書紀』本書では、素戔嗚尊が奇稲田姫と結婚して大己貴神（『古事記』の表記では大穴牟遅神。大国主神の別名です）を生んだとあります。子というのと、六世の孫と、その違いは、「凡て上代には、遠祖までをかけて、みな意夜《オヤ》と云、子孫末々までをかけて、みな古《コ》と云」（上代には遠祖までみなオヤといい、子孫をみなコという）から誤ったと解かれます〔四二二〕。子孫という意味でコとつたえてきたからまぎれたというのです。あくまで、事としてはひとつであることを見とどけておくという態度です。

9、『古事記伝』十之巻・神代八之巻——大国主神の誕生

大穴牟遅神が大国主神となることを語る物語

この巻があつかうのは、須佐之男命の子孫の系譜記事の最後に登場した大国主神の物語です。大国主神とは、「天下を伏《マツロ》へて、宇志波久《ウシハク》神と云意」（天下を服従させて支配する神の意）です（四六一）。ただ、この巻では、はじめは大穴牟遅《オホアナムヂ》神の名で語られます。大穴牟遅神は、系譜記事には大国主神の亦の名として載せられていました。はじめから大国主神であったのではありません。正確にいえば、大穴牟遅神が大国主神となったことを語る物語です。

よく知られた因幡の素兎の話をふくむ、話題に富む物語ですが、『古事記伝』の段落にしたがって簡略にあらすじを示せば次のとおりです。

大穴牟遅神には大勢の兄弟の神々がいました。その神々が八上比売《ヤカミヒメ》に求婚するために因幡に出かけたとき、大穴牟遅神に袋をかつがせて、従者として伴いました。気多《ケタ》の岬で皮を剝がれた兎に出会ったとき、兄弟の神々は間違ったことを教えて、かえって兎を苦しめましたが、大穴牟遅神はただしいやりかたを教えて、兎の体はもとのとおりになりました。兎は、大穴牟遅神に「あなたが八上比売を得るだろう」といいます。（第一段）

兎の言のとおり、八上比売は大穴牟遅神と結婚するといったので、兄弟の神々は大穴牟遅神を殺そうとし、猪に似た石を焼いて転がし落として取らせました。大穴牟遅神はその石に焼かれて死んでしまいましたが、母神が神産巣日之命に請い、𧏛貝比売《キサガヒヒメ》・蛤貝比売《ウムギヒメ》が遣わされて活かしました。（第二段）

兄弟の神々は、さらにまた大穴牟遅神をだまして殺しましたが、母神が活かし、紀国の大屋毘古神のところに遣ります。追ってきた神々が矢を射ようとつがえた時、大穴牟遅神は木の俣から脱け出て逃れました。（第三段）

母神の命にしたがって、須佐之男命のいる根の堅洲国に行った大穴牟遅神は、須佐之男命のむすめの須勢理毘売《スセリビメ》と結婚し、その助けを得て須佐之男命の課す試練をこえてゆきます。蛇の室に寝かされたときは与えられた領布《ヒレ》（ヒレは女性が肩にかける薄い布で、振ることで呪力を発揮すると考えられていました）で、百足と蜂の室に寝かされたときも与えられた領布のおかげで無事でした。野に入らせられて周囲から焼かれたときは、鼠のいうことにしたがって、穴に落ちこんで難をのがれました。（第四段）

須佐之男命の頭の虱、じつは百足を取ることを命じられたとき、また妻の須世理毘売（第五段以下ではその名のセに「世」を用い、第四段では「勢」を用います）の助けを得て、百足を取って嚙みくだいているふりをします。そして、須佐之男命が寝込んだところで、須世理毘売を背負い、須佐之男命の大刀・弓矢と琴とを持って逃げ出します。追いかけてきた須佐之男命は、大穴牟遅神に呼び掛けて「その大刀と弓矢とで兄弟たちを追い払って大国主神となれ」といい、大穴牟遅神はその言のとおりに兄弟の神々を追い払って、国作りをはじめたのでした。（第五段）

八上比売はさきの約束のとおり結婚したのですが、須世理毘売をおそれて自分の生んだ子を木の俣にさし挟んでかえってしまいました。それが木俣神だといいます。（第六段）

第一段の本文は、

故此の大国主神の兄弟八十神坐しき。然れども皆国は大国主神に避りまつりき。避りまつりし所以《ユヱ》は、

と語りおこされます。「この大国主神には、大勢の兄弟の神々がいらっしゃった。しかし、皆、国を大国主神にゆだねた。ゆだねた理由はというと」と、大国主神となったことを語り始めるものです。ここにこう注します。

こは後の事を先言《マツ》おきて、次に其の然る所以を、初より具《ツブサ》に言ふ、（此次より、下文の毎坂御尾追伏、毎河瀬追撥而始作国也、とある処まで、みなその事なり、）〔四二六〕

それは構成理解を明示しています。「下文」としてあげるのは第五段の最後の文です。八十神が国をゆだねたとあったのを、その神々を追い払ったという、この文で受けているというのです。大国主神となったとまずいっておいて、ここまで、どのようにして大国主となったかを具体的を語るものだととらえることを明確にします。その構成はいわれるとおりです。つまり、素兎の話以下、大国主誕生というべき全体をつくるものとして読むべきだということです。

現在のおおくの注釈書も素兎の話を一段として立てます（わたしたちの新編日本古典文学全集もそ

うしました）。それで話はまとまっていますから、段落区分として問題はありません。ただ、これを独立的な話として読むのではなく、宣長にしたがって、大国主神となることを語るなかでの意味を見なければなりません。

兎を癒すことについて、「薬方《クスリワザ》の物に見えたる始なり、（略）世人病又身の傷《ソコナヒ》などを治めむとせば、此神の恩頼《ミタマノフユ》を仰ぐに如《シク》事なし」（四三二）と説き、病気や傷の治療はこの神の霊力を仰いでいるのだと位置づけられます。そうした力を持つ神だから大国主たりえたというはじまりとして見るわけです。須佐之男命から得た大刀・弓矢の力だけで大国主でありうるのではないということです。

第六段は本筋からずれ、付随的です。ただ、八上比売のことは、全体の話のきっかけでした。それがどういう結果となったかをいうものとして、「故、其の八上比売は、先の期《チギリ》の如《ゴト》みとあたはしつ」とある本文に、こう注します。

上には、此比売神八十神に答賜へる言に、吾者云々、将嫁大穴牟遅神、とあるのみなれども、彼時に既《ハヤ》く契約《チギリ》は有ぞしつらむ、（四六六）

「上」というのは、第二段のはじめをさします。その対応をたしかめ、そのときに約束されたものが果たされたことになるというのです。

国作りの全体的把握

注意したいのは、この大国主神の物語を、国作りの完成として全体的構造的に位置づけることです。

第五段の最後に「始作国也」とある原文を「国作り始めたまひき」と訓読したうえで、次のようにいいます。

> かくて下に此国作賜ふ事の定《サダ》あり、作とは、巻首《ハジメ》に修理《ツクリ》とある字の意なり、抑此国作の事は、上黄泉段に、伊邪那岐命の、吾与汝所作之国未作竟故可還と、伊邪那美命に詔ひしかども、云々の所以にて、得還坐さで止にしを、其伊邪那美命に依坐て黄泉国を所知、須佐之男大神の御裔に坐此神の、其大神の御威霊《ミタマ》によりて、(御威霊によるとは、生大刀《イクタチ》生弓矢《イクユミヤ》を得給ふ事など、上件事を云、)彼業《ミワザ》を紹《ツギ》て、功《イサヲ》を成給ふこと、彼と此とを相照し考て、深き所以あることを知べし、〔四六六〕

大意は、

こうしてあとに此の国を作ることが語られる。「つくる」というのは、冒頭に、天神が伊邪那岐命・伊邪那美命に「修理固成」せよと命じた、「修理」の字のになう意味だ。そもそも、国作りのことは、前の黄泉のくだりで伊邪那岐命が「わたしとお前とで作った国は作りおえていないから、還るがよい」といったけれども還ることがなくおわった。その伊邪那美命のところに行って黄泉を治める須佐之男命の、子孫のこの神が、須佐之男命の大刀弓矢の霊力によって、伊邪那岐命・伊邪那美命の業をついで完成させることは、彼此照らしあわせて深い理由があることを知るべきだ

となります。

「始作国也」は、ふつうに読むならば、「始めて国を作りき」となるものです。語順から見ても、『古事記』の用例では「始」を動詞に使う例はないということからしても、『古事記伝』の読みは無理があります。宣長はこのあとに、大国主神が、少名毘古那神、また、御諸山の上に鎮座する神と協力して国を作ることが述べられる（十二之巻で取り上げます）のにつづくものとして、国作り（経営）がここにはじまったと解釈するのです。しかし、ふつうに「始めて国を作りき」と読んで、兄弟の神々を追って国全体の支配者となってはじめて国を作った、と解し、概括的にいったそれを具体的に述べたのが少名毘古那神らとの国作りと見るのが穏やかです。結果として、「かくて下に此国作賜ふ事の定あり」（これをうけて以下にこの国を作ることの設定がある）とする、宣長の理解とおなじことになります。

見忘れてならないのは、これを、後へのつながりとともに、巻頭からの展開においてとらえることです。冒頭の「修理」と対応し、伊邪那岐命・伊邪那美命の国作りをついで完成するのが、大国主神の国作りだという全体構造を確認するのです。さきに、本書第四、五章においても、この全体把握にたった文脈理解を見てきました（本書七八〜八〇、九七〜九八ページ）が、ここで、国作りの全体文脈をあらためて確認するものです。

この国作りの全体的文脈理解は明確で正当といえます。わたしは、『古代天皇神話論』（若草書房、一九九九年）において、この理解をふまえて『古事記』における世界の成り立ちの物語を見るべきことを論じました。

黄泉と世界の成り立ち

もうひとつ、基軸として貫かれるのは、黄泉の穢れを、世界（大国主神によって作られる国）の成り立ちの根幹にかかわるものとしてとらえることです。世界が、その穢れから悪しきことが生じ、そこから善をなすという運動のなかにあるととらえることは、六、七、八、九之巻をつうじて見てきたところです（本書第五、六、七、八章）。

須佐之男命は、黄泉からもどった伊邪那岐命が禊ぎしたが、その穢れが残るのによって成ったととらえられるのでした。それゆえ須佐之男命は禍をもたらすが、大蛇を斬って得た草なぎの大刀を天照大御神に献じた功によって穢れを完全に祓いすてることができた、それで「我が御心すがすがし」というのだと、須賀の地への鎮座が見届けられました（本書一六二ページ）。

それでもなお、ここでは、大穴牟遅神が兄弟の神々の迫害にあうことと、根の堅洲国で須勢理毘売と出会ってその助けを受けることとが、黄泉の穢れと祓いにあわせて説かれます。

大祓詞に、根国底之国爾坐、速佐須良比咩登云神、持佐須良比失弖牟とあるは、即此比売神にて、須勢理《スセリ》は佐須良比《サスラヒ》なるべし、（須勢と佐須と通ひ、良比を切《ツツム》れば理なり、）根国に坐と云る、よく叶へり、さて大穴牟遅神の、種種八十神の難《ワザハヒ》に逢給ふは、遠祖《トホツミオヤ》須佐之男命に帰《ヨ》れる、黄泉の汚穢《ケガレ》の、既に尽訖ぬる上にも、なごりの猶有なり、然るを今此処に遁来坐て、此比売神の議《ハカラ》ひに頼て、彼難を免《ノガ》れ、大なる利《クボサ》を得て、遂に功績《イサヲ》を立給へるは、即此比売神の、彼罪科《ツミトガ》を、持さすらひ失ひ賜へる物ぞかし、〔四四五～四四六〕

要約すれば、「須勢理毘売は、大祓の祝詞にいう速佐須良比咩に相当する。大穴牟遅神が兄弟の神による難にあうのは、遠祖須佐之男命にかかる黄泉の穢れが尽き果ててもなお名残があったからだが、根の国に逃れてきて須勢理毘売のはからいによって功績を立てることになったのは、この比売神がその穢れを持ちさすらい失ったからだ」というのです。

こうして、大穴牟遅神が大国主神となるのも、黄泉の穢れのなごりとその祓いということから説かれます。作られる国（この世界につながるところ）がどのようにありえたかということを、黄泉の問題を根源として見る、独自な『古事記伝』の視点は、一貫していてゆれがありません。

琴の役割

こうした全体的理解とともに、個々の文脈やことがらへのこだわりに『古事記伝』の個性は発揮されます。

その一は、大穴牟遅神がもちだした琴へのこだわりです。第五段に須佐之男命が寝込んだすきに、須世理毘売を背負い、「其の大神の生大刀生弓矢また其の天詔琴を取り持たして、逃げ出ます」とあります。その大刀と弓矢とは、兄弟の神々を追い払うという役割をもちますが、琴については何の役を果たしたか、言及がありません。その琴の役割を執拗にもとめて、伊邪那岐命・伊邪那美命の「事戸を度す」の「事」にまでかかわらせてゆくのです（六之巻「事戸を度す」の注に、これについては大穴牟遅神の段に一案があるとして予告されていました。〔二五五〕）。

つらつら思ふに、上代には、夫婦《メヲ》の結びをなすに、必女の親の方より、聟に琴を与へて、其を永く夫婦の中の契《シルシ》とせしことにぞありけむ、其さだかなる拠は、未見あたらねど、吾妻といふ名の有も、此故なるべくおぼゆ、（後までも、倭琴に此名あり、此を中頃東国より奉しことありし故など云説は、名に付て設たる妄言《ソラゴト》ぞかし、）さて今此琴を取持て出賜ふは、須世理毘売を妻とする、表　物《シルシノモノ》とするなるべし、されば次の文に、父大神の詔に、其汝所持之生大刀生弓矢以云々とあるは、大刀弓矢の用を云、次に其我之女須世理毘売為嫡妻とある所に、此詔琴の用をばこめたるべし、さて夫婦の中を絶ときには、その表の琴を、婦の方に返し渡せしなるべし、上の黄泉段（伝六の廿九三十葉）に、女男神各対立而度事戸とあるも、此と合せて思へば、表の琴（許登は、詔言所の詔を略ける名なること、右に云るが如くなる故に、許登杼といふ、）を、女神の方に返し度すと云意の言なるべくや、〔四五八〕

わかりやすい文ですから、ごくかいつまんでいえば、結婚のしるしに女の親から婿に琴を与えることをもってすれば、須佐之男命が、大刀と弓矢をもって兄弟の神々を追い払えといった後に、我がむすめ須世理毘売を妻とせよといったのは琴を夫婦のしるしとして与えるということをこめたのであろう、さらに、夫婦が仲を絶つときには、その琴を女のがわに返したのであって、「事戸を度す」とはその意味であろうというのです。

琴の用をあきらかにしなければ解釈は完結しないということが、『古事記伝』にはたらいているようです。しかし、みずからたしかな証拠はないというとおりです。須佐之男命の呼び掛けにおいて、大刀弓矢の用をいうのと並べて、むすめを妻とせよという文脈から、ありえた琴の用を考えてみたというだけのことで、強引というしかありません。

ただ、それを、「事戸を度す」にまでかかわらせてみるというところまですすめるのが『古事記伝』の『古事記伝』たるゆえんだといえます。「かの伊邪那岐伊邪那美大神の御時に、現に琴を返し度したまふにはあるまじけれども、然云て夫婦の中を絶ことゝなれる詞を以、語つたへたる物ぞ」(伊邪那岐・伊邪那美大神の別離のときに、実際に琴を返したということではないだろうが、夫婦の仲を絶つことをいう、このことばで語り伝えてきたのだ)と〔四五九〕、その琴の用で徹底して説明することをこころみてもいるのです。

現在の注釈では、大刀弓矢は軍事的政治的支配の象徴、琴は神の託宣を請うためのもので宗教的支配の象徴だと見るのが有力ですが(倉野憲司『古事記全註釈』、新潮日本古典集成など)、それで琴の役割の理解になるかというと、そうなってはいません。そんなふうに一般化するより、須佐之男命の与えたものの役割を文脈のなかで見届けようとする『古事記伝』のほうが、いうところが説得的かどうかはべつにして、筋はとおっているように思います。

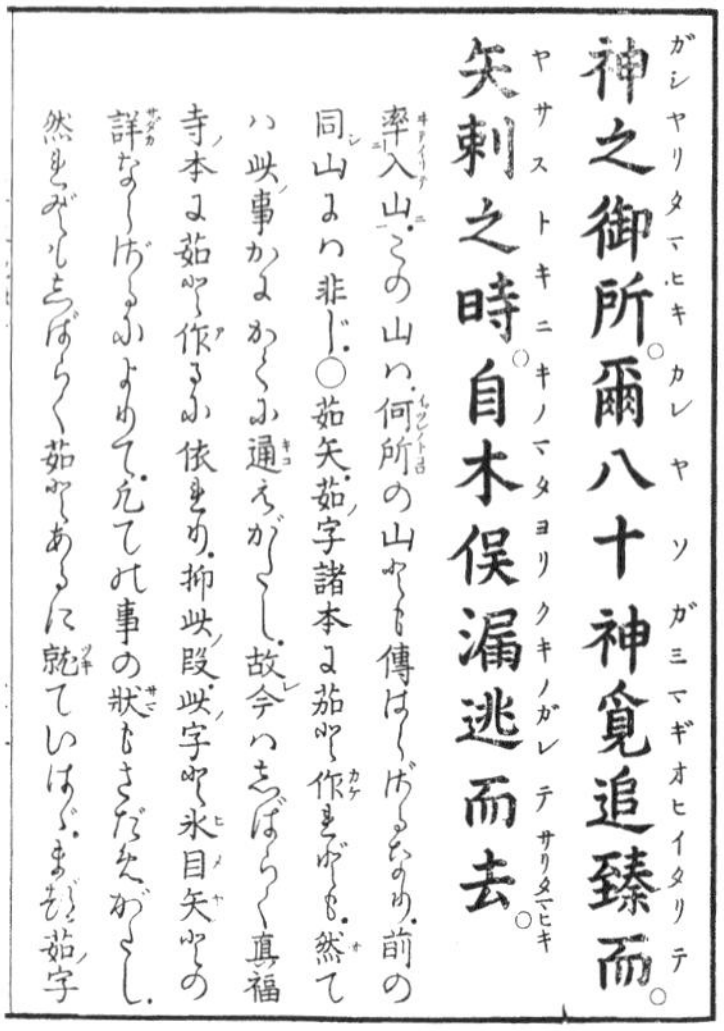
神之御所爾八十神覓追臻而。矢刺之時自木俣漏逃而去。

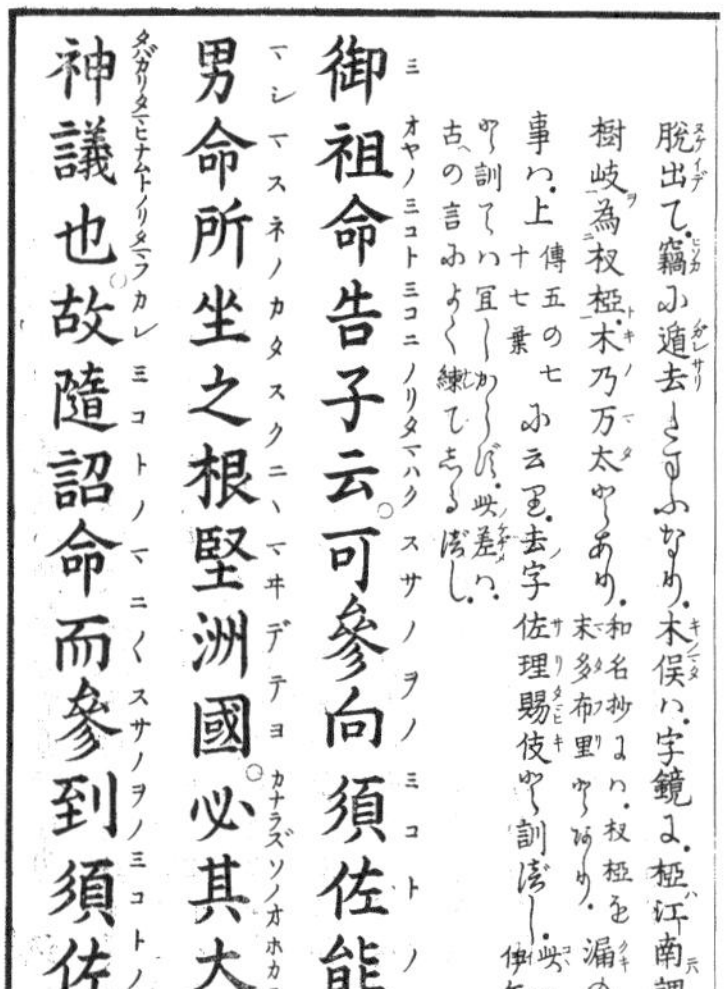
御祖命告子云。可参向須佐能男命所坐之根堅洲國。必其大神議也故隨詔命而参到須佐

図10　第三段のおわり（上）と第四段のはじめ（下）。「漏逃而去」で切り、「御祖命告子云」の六字を補って、そこから新しい段落をたてます。

『古事記伝』は「古に何事にまれ、神の御心を問むとて、其命を請申すには、必琴を弾り、于時其神、琴上に降来坐て、人に著て命を詔たまふ」（いにしえは何事であれ、神の意思を問うのに必ず琴をひいたのであり、琴のうえに神が降って託宣されるのであった。（四五七））と、琴が託宣を請うためのものであることをおさえたうえで、この場面の理解をもとめているのです。宣長説を「単なる思ひつき」と切捨てて「須世理毘売は神功皇后と同様に神懸りの巫女の性格を有してゐた」（『古事記全註釈』）というのは、場面理解の筋のとおしかたに鈍感だといわねばなりません。

大胆な脱字説が投げかける問題

もうひとつ見たいのは、第三段末尾・第四段冒頭にかかわる、『古事記伝』の独自な文脈理解と本文批判の投げかける問題です。

寛永版本等にはここに脱字があるといいます。図10を見てください。『古事記伝』のたてた『古事記』本文の第三段のおわりと第四段のはじめを掲げました。第四段のはじめの最初の六字は、宣長が補ったものです。

> 御祖命告子云、旧印本延佳本共に、此六字を脱《オト》せり、今は一本に依れり、（旧事紀にも此言あり、）こは必有べし、無ては通《キコエ》ず、猶云ば、此上に、爾または於是など云字もありぬべくおぼゆ、〔四四四〕

「御祖の命、子《ミコ》に告りたまはく」という六字がないと、通じないといい（はじめのあらすじは、これにしたがっています）、「爾」または「於是」が上にあって然るべきだと思われるといいます。

つまり、ここであたらしくいいおこすかたちになるはずだというのです（「爾」「於是」はいいおこしのことばです）。「一本」によりつつ、『先代旧事本紀』も援用して、六字を補うのですが、いうところの「一本」はよくわかりません。現存諸本のなかにそうした本文をもつ本はないのです。図版を見てください。

　ここで区切るという主張は、第三段からの続きかたの理解から出されました。宣長は、大穴牟遅神が兄弟の神々によってふたたび殺されるという場面を第三段としました。引用すれば、次のようになります。

〔三〕是に八十神見て、且《マタ》欺きて山に率て入りて、大樹を切り伏せ、矢を茹《ハ》め其の木に打ち立て、其の中に入らしめて、即ち其の氷目矢《ヒメヤ》を打ち離ちて拷《ウ》ち殺しき。爾《カレ》亦其の御祖の命哭きつつ求《マ》げば、見得て、即ちその木を拆きて、取り出て活かして、其の子に告りたまはく、汝此間《ココ》に有らば、遂に八十神に滅さえなむとのりたまひて、乃ち木国の大屋毘古神の御《ミ》所《モト》に速《イソガ》し遣りたまひき。爾《カレ》八十神覓《マ》ぎ追ひ臻《イタ》りて、矢刺す時に、木の俣より漏き逃れて去りたまひき。

この読みにしたがって現代語に訳してみると、以下のごとくです。

　さて兄弟の神々が大穴牟遅神が活かされたのを見て、またまして山につれて入り、大樹を切り倒して、矢をはめてその木に打ちたて、そのなかに入らせて、とたんにそのヒメ矢を離ってうち殺した。すると母神が泣きながら探して、見つけて、すぐにその木をさき折って活かした。母神

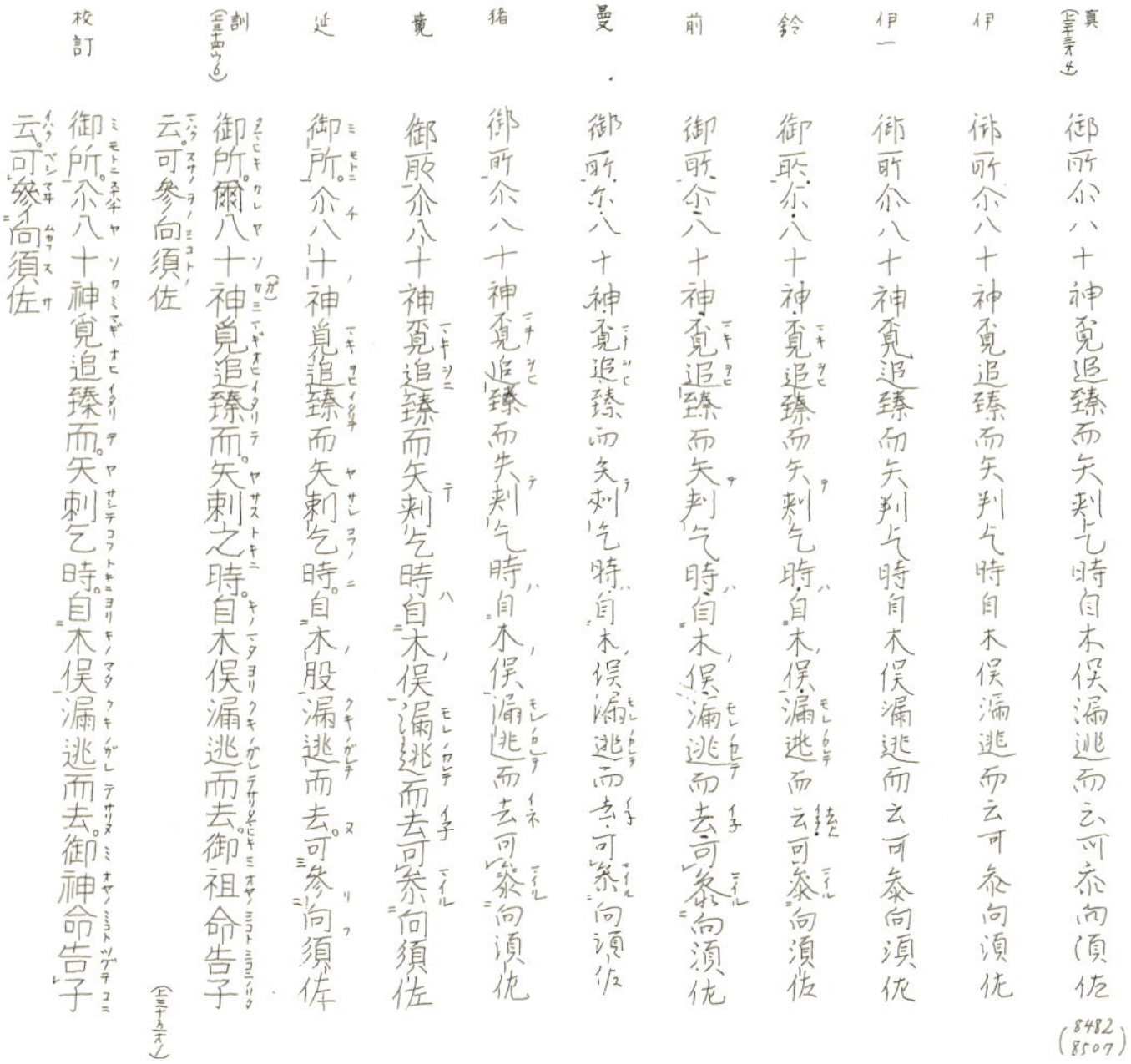

図11　右から順に、真福寺本、伊勢本（道祥本）、伊勢一本（春瑜本）、鈴鹿登本（兼永筆本）、前田本、曼殊院本、猪熊本、寛永版本、延佳本、訂正古訓古事記、校訂古事記。（小野田光雄編『諸本集成古事記』勉誠社、一九八一年）

は、その子に告げて、「お前はここにいたら、しまいには兄弟の神々にほろぼされてしまうでしょう」といって、すぐに木の国の大屋毘古神のところに急ぎ遣ったが、兄弟の神々が追いついて、弓に矢をつがえた時に、木の俣から脱け出てのがれ去った。

最後の「去りたまひき」と読んだところは、「云」とする本（真福寺本など）と「去」とする本（寛永版本など）とがありますが（図11を見てください）、宣長は「去」をとってここで切りました（さきの図10を見てください）。その前の「矢刺す時に」は、「矢刺之時」という本文によりました。ただ、諸本は「矢刺乞時」とあります（これも図11を見てください）。宣長はここでも「一本」によって「矢刺之時」をとるといい、『先代旧事本紀』もおなじだといいます（四四三）。「乞」という本文なら「乞」う相手が問題になります。「矢刺す時に」というのなら、兄弟の神々が大穴牟遅神を射ようとしたのであり、大穴牟遅神が逃げたと、「逃而去。」で切って見ることになります。そして、根の堅洲国行きは新しい展開として、第四段をおこすのです。

現在の注釈は「乞」をとります。本文の状況からすれば当然といえます。「乞」はもとめるという意味ですから、大屋毘古神に大穴牟遅神を渡すようにもとめた時、大屋毘古神が「逃がして云ふ」とつづけて解することになります（新編日本古典文学全集など）。六字を補うようなことはしないですみます。

『古事記伝』の六字補入説は大胆すぎて、現在の注釈でこれを受け入れるものはありません。しかし、そこにふくまれている問題は見過ごすことができません。

まず、「矢刺す時に」と解することは、諸本にしたがってすむことではないのです。『古事記』中の用例では、「矢刺す」は戦闘行為をいいますから、「弓に矢をつがえて大屋毘古神に乞う」では釈然としません。八十神が追いつく→弓に矢をつがえて射ようとする→逃げる、ととるべきだというのが『古事記伝』の感覚ですが、そのほうが文脈的には自然です。加えていえば、「逃」は、『古事記』では他に二十七例ありますが、すべて自動詞です。当然そのことも意識していたはずです。そうすると、大屋毘古神は関与しません。兄弟の神々は途中で追いついたのであって（「大屋毘古神の御許《ミモト》までは至らで、中途《ミチノナカラ》にて追及《オヒシキ》しなるべし」（四四三））、大穴牟遅神はみずから逃げたととることになります。

そして、六字を補うのは、あくまで、母神のはからいとして読もうとするものでした。焼いた石で殺されたときも母神が神産巣日神に請うて𧏛貝比売・蛤貝比売が遣わされて活かしましたし、再び殺されたときも母が活かしたのでした。大屋毘古神のところに遣ったのも母神ですから、根の堅洲国に遣るのも母神だとして一貫させるのです。文脈理解としては明快ですが、この『古事記伝』の解釈は本文上の冒険がおおきいことは、見たとおりです。

しかし、ここに問題はあるのです。根の堅洲国に行ったことを、『古事記』本文は、「詔命《ミコト》の随《マニマ》に須佐之男命の御所《ミモト》に参到《マヰタ》りしかば」というのですが、発言を「詔命」と表現するのは特別な神（天神あるいはそれに準じるもの）に限られます。大屋毘古神が根の堅洲国に行けといったととるのではそぐわないのです。「詔命」というのは、母神でもあいませんが、六字補入の説は、いまの本文のままでは解しがたいということを明確に提起したものとして受け取るべきです。

矢をつがえて大穴牟遅神を渡すようにもとめた時、大屋毘古神が逃がして根の堅洲国へ行けといったと解しようとする現在の注釈の解釈では、「矢刺す」と「乞ふ」とがうまくつながりません。また「逃」の用例ともあわないなど、適切には釈きあかせていないことをふりかえらせるとともに、ここに本文上の問題があることを示すのは、衝くべきところを衝いたというべきです。六字を補うという説自体の当否だけでおわってよいことではないのです。

『日本書紀』に対応する記事がない故の歯切れのわるさ

さて、この巻の話は、『日本書紀』には対応する記事がありません。『日本書紀』第八段本書は、素戔嗚尊が根国に行ったというだけでおわります。大国主神の話はまったくありません。一書も同様で、第六の一書にのみ大己貴命と少彦名命とが天下を経営したということがありますが、この巻の話にあたるものはありません。いままでのように、おなじ事として『日本書紀』の記事を見合わせることができないのです。補いあうことができない分、解釈に、わかりにくさ・歯切れのわるさがのこります。前の章（八俣大蛇退治）とくらべると、とくにそう感じられます。

たとえば、大穴牟遅神が殺される場面がそうです。第三段で「大樹を切り伏せ、矢を茹め其の木に打ち立て、其の中に入らしめて、即ち其の氷目矢を打ち離ちて拷ち殺しき」とあった（本書一九〇ページ）、その殺し方について、「矢を茹《ハ》め」と読みながら、

抑此段、此字と氷目矢との詳《サダカ》ならざるによりて、凡ての事の状《サマ》もさだめがたし、〔四四〇〕

といいます。「茹」の解しがたさとともに、「氷目矢」も理解しがたいから、全体がよくわからないと投げ出した体です。

それでもふたつの解釈の可能性を提示します。矢をふつうの矢と見るのでは解しがたいから、木に打ちいれるものとしてはじめます。一案は、これを木に打ちいれて割れ目をつくり、その木の割りかけたはざまに入らせるというものです。その矢をうち離つとき、割れ目に挟まれてうち殺されることになります〔四四〇〕。二案は、矢はかすがいのようにして、木の切り口にうち入れて接ぎ合わせ、それをうち離つと木が倒れて死ぬ仕掛けだというものです〔四四一〕。

結論は「何れよけむ、決《サダ》めかねつ」〔四四一〕どちらがよいか、決めかねる。〕というにとどまります。『日本書紀』を見合わせられたならば、このようにおわることはなかっただろうと思われるのです。

整合の追及

そのなかでも、解釈の可能性を、個々の場面にとどめないで整合を追及するのが『古事記伝』です。

いま取り上げた、第三段における兄弟の神々による再度の大穴牟遅神殺しについて、一案は、矢を木に打ちいれて割れ目を作ってそこに入らせ、割れ目に挟ませて殺すというものでした。それに関して、『古事記伝』は、「木の割目は、たゞいさゝかの広さなるべきに、其中に人を入れむことは、いかゞと云疑ひあるべし」（木の割れ目はちょっとしたひろさにすぎないであろうに、そこに人を入らせることはどうかという疑問が生じよう）と、当然の疑問が生まれることを予測しています〔四四〇〕。そして、第四段の須佐之男命の試練のひとつが、野に入らせて周囲から焼くというものでしたが、そのとき、鼠のいうことにしたがって、穴に落ちこんで難をのがれたとあることによって、それを解こうとします。

彼鼠穴中へ落入て、御身の隠給へるなり、かくて其間に、彼野火は穴外を焼過去《スギユキ》て、其難《ワザハヒ》を免給ひつ、さて上に、大樹に矢を打立て、其割目中に入しむと云、又自木俣漏逃と云、今此に鼠穴に入て隠給ふと云るを、合せて思へば、此神も、少那毘古那神の如く、身体《ミ》の甚《イト》小く坐けるにや、〔四五一〕

といいます。細かい説明はもう必要ないでしょう。木の俣から逃げたのも、穴に落ち込んでたすかったのも、割れ目に挟んで殺すというのと、神の小さいことを考えれば整合するというのです。ただ、これは文証のない推測にとどまるということで、「たしかに物に見えたること無ければ、定ては云がたし」〔四五一〕と、撤回するしかありませんでした。しかし、あらためて、その場かぎりにすまさないのが『古事記伝』だと思うことです。

10、『古事記伝』一之巻——総論

総論の構成

十之巻という切りのいいところまできて、一之巻にもどることにします。この巻は総論なので、読むことの実際にある程度つきあってからもどろうということを最初に述べました（本書九ページ）。ここで総論に立ち戻って、そこにいわれるような方法的な原則と、実際になされたことと（要するに、方法と実践ということです）をふりかえって見たいのです。

総論は第一章のはじめに示したように八節からなります。あらためて掲げると、

一、古記典等総論
二、書紀の論ひ
三、旧事紀といふ書の論
四、記題号の事
五、諸本又注釈の事
六、文体の事
七、仮字の事
八、訓法の事

です。

このあとに、「直毘霊《ナホビノミタマ》」がつづきますが、性格を異にします。一〜八は、いわば基本方針として、『古事記』を読むうえでこれだけのことをわきまえておこうというものです。これに対して、「直毘

霊」は、宣長の古代論のエッセンスともいえるもので、単独で刊行もされました。宣長の言説として取り上げられることもおおいものです。論じやすいからですが、わたしは、『古事記伝』の注釈の現場につきあわずにそうした言説によって論じることが正当な態度だとは思いません。「直毘霊」については、『古事記伝』を読み終えたところでふれることにしましょう。『古事記伝』を読むという点からいえば、大事なのは、第一～八節の方法の問題です。

ここに述べられたことについて、ふたつの点に注意して見たいと思います。

ひとつは、『日本書紀』の位置づけです。もうひとつは、漢字で書かれた『古事記』に対してどのようにせまるかという方法的な態度の問題です。これらは、ともに、いわれたことが実際どのようにはたされたかということを、いままで『古事記伝』を読んできたことをふりかえりつつ見るべきものです。

『日本書紀』の位置づけ

まず注意したいのは、『日本書紀』の位置づけです。第一、二節において『日本書紀』を排して『古事記』によるべきことを宣言します。『古事記伝』にとって、それは最初にどうしても経ておかねばならないことでした。

第一節において、両者を対比しながらこういいます。

抑意《ココロ》と事《コト》と言《コトバ》とは、みな相称《アヒカナ》へる物にして、上代は、意も事も言も上代、後代は、意も事も言も後代、漢国は、意も事も言も漢国なるを、書紀は、後代の意をもて、上代の事を記し、漢国の言を以、皇国の意を記されたる故に、あひかなはざること多かるを、此記は、いさゝかもさかしらを加へずて、古より云伝たるまゝに記されたれば、その意も事も言も相称て、皆上代の実なり、〔六〕

「意」はこころ、「事」はことがら、「言」はことばを意味します。三者は「相称《アヒカナ》へる物」、つまり、あいまって一体だ（いわば三位一体です）というのです。

大意は、

こころとことがらとことばとはたがいに適合し、上代は上代、後代は後代のものとしてあり、漢の国は漢の国のものとしてある。時代時代、また国々で異なるものだ。ただ、『日本書紀』は、後代のこころをもって、上代のことがらを、漢のことばで記すので、こころ・ことがら・ことばの一致しないことが多い。『古事記』は、いささかもさかしらを加えず、古代から伝えたままに記されているから、こころ・ことがら・ことばもあい合って、上代のまことがそこにあるのだ。

となります。

「漢国」（「中国」といわないのは、中華思想的ないいかたをきらってのことです）にはその国のこころ・ことがら・ことば、この国にはこの国のこころ・ことがら・ことばがあるということ自体には、価値判断はふくまれていません。ただ、この国を「皇国」というのは、古代から天皇の治める国ということをこめてのことですから、価値観をふくんでいます。そのことについては、あとで、上巻のおわりにつけられた付録『三大考』をめぐってのべることにします。

第二節「書紀の論ひ」においては、『日本書紀』を排するべきことをより明確にします。批判は痛烈ですが、それは、『日本書紀』を中心にして『古事記』をなおざりにしてきた中世までの大勢にあらがってあらたな立場をことあげしようとするには必要だったといえます。

先書紀の潤色《カザリ》おほきことを知て、其撰述の趣をよく悟らざれば、漢意《カラゴコロ》の痼疾《フカキヤマヒ》去がたく、此病去らでは、此記の宜きこと顕れがたく、此記の宜きことをしらでは、古学の正しき道路《ミチ》は知るまじければなり、〔七〕

もう解説の必要がないくらい明快ですが、要するに、『日本書紀』の「かざり」をわきまえて「漢意」を去ることなしに、『古事記』がよきことを知ることもできず、ただしい学びのみちにはいることはできないというのです。

この節には、「潤色《カザリ》」「かざり」という表現が執拗なくらい頻出します。いわばキイワードです。『日本書紀』が排されねばならない所以がそこにあると繰り返していうのです。それは、

その記されたる体《サマ》は、もはら漢のに似たらむと、勤められたるまゝに、意も詞も、そなたざまのかざりのみ多くて、人の言語《コトドヒ》物の実《サネ》まで、上代のに違へる事なむ多かりける、〔八〕

ということに集約されます。大意はこうです。

『日本書紀』の記されたありようはというと、もっぱら漢文にあわせようとして、こころもことばも、漢ふうのかざりばかりが多くて、人のことばや物の実際まで上代と異なってしまうことが多い。

そして、書名からはじめて、神代冒頭等々を取り上げて、これを具体的に説きます。たとえば、神武天皇の詔に「是時運属鴻荒、時鍾草昧、故蒙以養正、治此西偏、皇祖皇考、乃神乃聖、積慶重暉」とあるのについて「意も語も、さらに上代のさまにあらず」〔一一〕というのは、「人の言語」の例ですし、景行天皇が倭建命に斧鉞を授けたとあることに対して「すべて古かゝる時にも、矛剣などをこそ賜ひつれ、斧鉞を賜へる事はさらになし」〔一三〕というのは「物の実」の例です。

「漢国人」の「私説」としての「陰陽の理」

こうした「かざり」を具体的に例をあげて説き続けてゆく（執拗に丁寧に）のですが、そのなかでも、「陰陽の理」という「漢意《カラゴコロ》」の批判は痛烈です。

『日本書紀』神代の冒頭は、「古天地未剖、陰陽不分、渾沌如鶏子云々」とあり、「乾道独化、所以成此純男」「乾坤之道相参而化、所以成此男女」ともあります。イザナキ・イザナミ二神が「陽神」「陰神」と書かれたりもします。それを「陰陽の理」として見ることが中世以来支配的だったのでした。その「漢意の惑」を斥けずにはただしい学びははじまらないというのです。「まことの道のあらはれがたき根本」（まことの道が疎外されている根本）だとまでいいます〔一〇〕。

よく考えてみれば「天地はたゞ天地、男女はたゞ男女、水火はたゞ水火」ではないか、「陰陽」というのは「漢国人」の「万の理を強て考へ求め」た「私説」に過ぎないといいます。

陰陽はたゞ、漢人の作出たることにて、もと彼国のみの私説《ワタクシゴト》なるが故に、他国にはそのさだ無きこととおぼしくて、天竺の仏経論を見るに、世界の始、又人身などみな、地水火風の四大という物を以て説て、すべて陰陽五行などの説はあることなし、〔一〇〕

と、仏典では四大なるものが根源として説かれることが示すとおり、陰陽五行なる説は天竺にはない、漢にもまして物の理をいう天竺にしてそうなのだから、陰陽説は漢の国の人の「私説」なのは明白だと断じられます。

さらに、念を押すようにしてこういいます。

抑天照大御神は、日神に坐まして女神、月夜見命は、月神にして男神に坐ます、是を以て、陰陽といふことの、まことの理にかなはず、古伝に背けることをさとるべし、〔一一〕

いうところは明快です。日神天照大御神は女神、月神月夜見命は男神であるから、陰陽説にあわないことはあきらかだというのです。こうして、第二節を通じて、『日本書紀』の「漢意」を去るべきことが徹底して確認されます。

『日本書紀』と『古事記』とは「事」においてはおなじ

しかし、それが、「書紀をのみ、人たふとび用ひ」てきたことに対して、『古事記』を尊ぶべきことをいうものであって、『日本書紀』をまったく排除するものではないことにも注意されます。

第一節の結びにはこうあるのです。

此記を以て、あるが中の最上たる史典《フミ》と定めて、書紀をば、是が次に立る物ぞ、〔七〕

『古事記』を第一にする、『日本書紀』はそのつぎだというのです。さきに引用したところも注意ぶかく見れば、「後代の意をもて、上代の事を記し、漢国の言を以、皇国の意を記されたる」というのであって、「上代の事」を記すものであることは否定していません。「事」においては、あわせて見るべきものなのです。実際そうしていることもいままでに見てきたとおりです。

いくつか、ふりかえれば、第二章に見たように、「浮脂の如き物」が天地となるという、世界のはじまりを読むのですが、『日本書紀』に「虚中」（第一の一書）「空中」（第六の一書）とあるのを根拠として、海上などでなく虚空中に漂うと見るべきだというのでした。おなじことを語るものとして『日本書紀』の本書・一書の記事を動員して読むのであり、むしろ、『日本書紀』のほうが読みの方向を決定づけているともいえます（本書三九〜四〇ページ）。「漢意」を去れば、おなじひとつのことを語るものとして、むしろ整合せねばならないのです。

これも第二章で見たことですが、『古事記』冒頭に登場する天之御中主神から天之常立神までの五神＝「別天つ神」を、『日本書紀』の本書や一書のおおくが載せていないことについて、『日本書紀』は、国之常立神以下国になった神のみを載せたのだとして整合します（四四ページ）。

第四章で、大事忍男神以下十神を禊ぎの異伝として見るのも、『日本書紀』第五段第十の一書と対応させ、同一と見ることによるのでした（八〇～八四ページ）。

さらに第七章、須佐之男命が勝ったと宣言して乱暴を働くことについて、うけいによって「清明」が証された（天照大御神もそのことを承認しているようにも見える）からそういったのだとしたら、この所業はどうしてか、理解しがたいといいます。そして、『日本書紀』第三の一書が、もろもろの悪事を働いたあとに石屋のことがあり、素戔鳴尊が追放されることになって天にのぼりうけいがなされるという展開になっているのを、その順序こそしかるべく思われるというのでした。元来の伝えはこの一書のごとくではなかったかというわけですが、もともとの伝えというところで『日本書紀』と『古事記』が相対化されることにもなるのでした（一四二～一四三ページ）。「天津麻羅」の役割を矛を作ったと見ることにおいても、それは同じでした（一四八～一五〇ページ）。

また、第八章では、「事」として『日本書紀』とおなじでなければならないものとして見ることにたって解してゆくことを見ました。そのとき、むしろ『日本書紀』によって読みがささえられるということは、「草なぎの剣」の名の由来を『日本書紀』の日本武尊の話のなかにあるものによって諒解し、「櫛名田比売」の名義を『日本書紀』における「奇稲田姫」という表記にそのまま依拠して理解すること等々に見たとおりです（一六七、一七三～一七四ページ）。

「事」においてはおなじだとして、区別なくひとつの平面に『日本書紀』をおいて解釈しようとすることは、『古事記伝』の態度として一貫しています。

『日本書紀』という題号

なお、『古事記伝』において、「日本書紀」とはいわず、一貫してたんに「書紀」ということが、引用をつうじて気づかされます。

そのことについて、宣長の立場は明確です。

> 日本書紀といふ題号《ナ》こそ心得ね、こは漢の国史の、漢書晋書などいふ名に倣て、御国の号《ナ》を標《アゲ》られたるなれども、漢国は代々に国号のかはる故に、其代の号もて名づけざれば、分り難ければこそあれ、皇国は、天地の共《ムタ》遠長く天津日嗣続坐て、かはらせ賜ふことし無ければ、其と分て云べきにあらず、〔七～八〕

その大意は、

> 日本書紀という題号は納得できない。これは漢の正史が、漢書晋書などと名づけられているのに倣ったものだが、漢は代々国の号がかわるから区別のためにそうしたのであって、この国はかわることはないのだから、国号をもって区別していうべきものではない。

となります。中国の正史は王朝が交代したあと、まえの王朝の歴史を編纂するものであるから前代の号を冠するが、一系の皇統のこの国には用いるべきでないというのです。

河村秀根も、おなじ理由をあげて、みずからの『日本書紀』注釈の名を『書紀集解』としたことが想起されます。「日本」の問題性の認識として受け止めねばなりません。

漢書などの例に照らして、「――書」とは、王朝名＋書、で正史の名としたとすれば、「日本書紀」はどうなるか。宣長たちはほぼ正当にその問題の本質にふれていると思います。「日本」は王朝名として設定されたと考えられます（このことについては、参照、神野志隆光『「日本」とは何か』講談社現代新書、二〇〇五年）。「日本書紀」は、みずからの王朝の名を冠したと見るべきですが、中国のごとき交代ということをふくみもつような、この名称は受け入れられないという感覚が、宣長にも河村秀根にもあったのです。

『古事記』における「古言」の書きざま

ここまで『日本書紀』をめぐる方法的問題を見てきましたが、第四節から第八節まで、この巻の過半は『古事記』に費やされます。

そのなかでも、第六節以下は、漢字で書かれた『古事記』に対する基本的な認識と方針とを述べたものです。

まず、第六節「文体の事」は、漢字で書かれたという根本に目を向けます。この国にはもとより文字がなかったから、「漢文の格《サマ》」に書くしかなかったのだという基本認識にたちます。「其文字を用ひ、その書籍《フミ》の語《コトバ》を借て、此間《ココ》の事をも書記す」（一七）のだが、漢字・漢語は、ここのことばとは異なるから「漢文の格」のままに書くしかなかったのだという、正当な留意です。そのなかで「古語」をつたえようとしたものとして、「古語を伝ふることを旨とせる故に、漢文の方には心せざる物」（古語を伝えることを中心にするために、漢文のほうには心をとどめない物）なので拙げに見え、「大体《オホカタ》は漢文のさまなれども、ひたぶるの漢文にもあらず」（おおかたは漢文のさまではあるが、まったくの漢文というのでもない）と、その特質をおさえます。

そして、「古言」を書くのに、四種の書き方があるとします。

> 古言を記すに、四種の書ざまあり、一には仮字書、こは其言をいさゝかも違へざる物なれば、あるが中にも正しきなり、二には正字《マサモジ》、こは阿米《アメ》を天、都知《ツチ》を地と書類にて、字の義、言の意《ココロ》に相《アヒ》当《アタリ》て、正しきなり、（略）三には借字、こは字の義を取らず、たゞ其訓《ヨミ》を、異意に借て書を云、序に、因訓述者、詞不逮心とある是なり、（略）四には、右の三種の内を、此彼交へて書るものあり、〔二一〇〕

いうところ、第一に「仮字書」というのは仮名書です。「久羅下那洲多陀用幣琉」のごとく、それが「古言」をすこしも違えることないものとしてただしいといい、第二に「正字」というのは、いわゆる正訓字です。字の意味とことばの意味とが対応するもので、「天」＝「あめ」、「地」＝「つち」のごとく、ことばと字との意味が合って「古言」を書くことができる利点があるといいます。第三の「借字」とは、「天之常立神」の「常立」のごとく、字の意味とはべつに、その「とこ」「たつ」という読みを借りる類で、序文に「因訓述者、詞不逮心（訓に因りて述べたるは、詞心に逮ばず）」といったのがそれだといいます。第四は、三種を交えて書くものということで、『古事記』の実際について「古言」の「書ざま」を整理したものです。

漢字で書くことの、「古言」の書きざまが一様でないという整理です。それは、漢字で「古語」を伝えた『古事記』を読むための準備として必要だったのです。

ただ、第三が、序文にむすびつけるのは問題です。序文の理解としてもおなじことが説かれていて、「已因訓述者、詞不逮心、全以音連者、事趣更長」を、「悉く訓に因て真字書にせるは、中に借字多くて、語の意さとりがたく、さりとてはた全く仮字書にしたるは、文こよなく長くなりて煩はし」（全部を訓で書いたものは、なかに意味とはべつに用いる借字がおおくて語の意味がとりがたく、だからといってまた全部仮名書きにしたのは文がこのうえなく長くなってわずらわしい。〔七七〕）と解しています。

しかし、この文脈は、宣長のように理解されるものか疑問です。序文のそれは、漢文における元来の意味での「訓」――漢字を元来の意味において用いること――と解されるべきです。

漢字を漢字本来のまな（真字―いはゆる表意文字）として用ゐて述べてゆくことをいったものであり、そのやうな方法をとったばあひの帰結、「詞不逮心」とは、異国の表現素材をもってしては母国語がみずからのうちにやどす固有の意味内容を忠実に代表しえないうらみを述べたものである。

と、亀井孝「古事記は　よめるか」（『日本語のすがたとこころ（二）』亀井孝論文集4、吉川弘文館、一九八五年。初出一九五七年）の解くのが正当だと思います。宣長は、「古言」という問題にひきつけすぎているようです。

「仮字の事」

ともあれ、仮名書が古語を違えることのないものだということで、仮名についての整理が第七節として続きます。

ここでは五十音順にすべての仮名を取り上げ、一々について、仮名として用いられた字を掲げて留意点を記してゆきます。たとえば、ア行を示せば、

ア阿　此外に、延佳本又一本に、白檮原宮段に、亜亜といふ仮字あれども、誤字と見えたり、其由は彼処に弁《ワキマフ》べし、
イ伊
ウ宇汙　此中に、汙字は、上巻石屋戸段に、伏汙気、とたゞ一あるのみなり、
エ延愛　此中に、愛字は、上巻に愛袁登古愛袁登売、また神名愛比売などのみなり、
オ淤意隠　此外に、下巻高津宮段歌に、於志弖流と、たゞ一於字あれども、一本に淤とあれば、後の誤なり、隠字は、国名隠伎のみなり、〔二一〇～二一一〕

といった具合です。本文批判もかきこんでゆくのですが、この字はここにしか用いないという体の用

にも、まれまれには用ひられたり、平城《ナラ》のころまでは、凡て此借字《リ》に書《カ》く事常の事にて、云《ヒ》をもてゆけば、假字《カナ》も同じことなるを、後世になりては、ただ文字にのみ心をよする故に、これをいぶかしむめれども、古《ヘ》の言を主《ムネ》として、字にはさしも拘《カヽハ》らざりしかば、いろいろさまざまにも借《リ》てかけるなり、四《ツ》には、右の三種《ミクサ》の内を、此《レ》彼《レ》交《マジ》へて書《カ》けるものあり、さて上件《リ》の四くさの外に又所由《ヨシ》ありて書《カ》きならへる一種《ヒトクサ》あり、日下《クサカ》春日《カスガ》飛鳥《アスカ》大神《オホミワ》長谷《ハツセ》他田《ヲサダ》三枝《サキクサ》のたぐひ是《レ》なり、

假字《カナ》の事

此記に用ひたる假字のかぎりを左にあぐ、

ア　阿　此《ノ》外に、延佳本又一本に、白檮原《カシハラ》宮段に、亞亞《アア》とあるは假字あれども、誤字《アヤマレルモジ》と見えたり、其由は彼處《コ》に辨《ワキマフ》べし、

イ　伊

ウ　宇汙　此《ノ》中に汙《ノ》字は、上卷石屋戸《イハヤト》段に、伏汙氣《フセウケ》とある一《ツ》あるのみなり、

エ　延愛　此《ノ》中に愛《ノ》字は、上卷に愛袁登古愛袁登賣《エヲトコエヲトメ》とある神名愛比賣《エヒメ》などのみなり、

オ　淤意隱　此《ノ》外に、下卷高津宮段歌に、於志弖流《オシテル》とある一《ツ》於字はあれども、一本には淤とあれば、後の誤なり、隱《ノ》字は、國名隱伎《オキ》のみなり、

〇古事記傳一　〇三十

カ　加迦訶甲可　濁音　賀何我　此《ノ》中に、甲《ノ》字は、甲斐《カヒ》と云ふに用ひたる言にのみ用ひたり、國名のみならず、カヒと云ふ言にはすべて此字を書り、可《ノ》字は、中卷輕嶋宮段大御歌に、阿可良氣美《アカラケミ》とあるのみなり、下卷朝倉宮段歌に、延佳本に、可《ガ》豆良《ヅラ》とあるは、ひがことなり、賀字は、清濁に通ひ用ふれども、人もよく知れる如く、然らずば必濁音なり、記中の歌に、此字の見えたるおよそ百三十あまりなる中に、必清音なるべき處をしも、これに五《ツ》のみにして、其《ツ》餘《ホカ》百二十あまりは、ことごとく濁音の處なれば、何《ノ》字は、上卷歌に、和何《ワガ》とある三《ツ》と、岐美何《キミガ》などもあるのみなり、我《ノ》字は、中卷に、姓の蘇我《ソガ》とあるのみなり、下卷には宗賀《ガ》ともかけり、

キ　伎紀貴幾吉　清濁通用　岐　濁音　藝疑棄　此《ノ》中に、伎字と岐字との間《アヒダ》に、疑はしきことあり、上卷の初《ハジメ》つかたしばしがほどは、清音には伎字を用ひ、岐字は濁音にのみ用ひて、清濁分れたるに、後は清濁共に岐をのみ用ひて、伎を用ひざるは、上卷八千矛神御歌に、伎許志弖《キコシテ》とあると、那伎《ナキ》（鳴也）、中卷白檮原宮段に、伊須ゝ岐《イスヽギ》伎、輕嶋宮段に迦豆伎《カヅキ》、下卷高津宮段に、伊波迦伎加泥弖《イハカキカネテ》、朝倉宮段に由ゝ斯伎《ユユシキ》これらのみなり、抑記中凡て一《ツ》假字を清濁に兼用ひたる例なきを思ふに、本は清音の處は、終《リ》までみな伎字なりしを、字形の似たるから、後に誤て、みな岐に混《ニギ》れたるにやあらむ、又伊邪那岐命の岐字を、伎と作る處もあり、是《レ》らも紛れたるなり、されど今は定めがたければ、姑く岐をば清濁通用とあげたり、貴字は、神名阿遲志貴《アヂシキ》のみ

〇古事記傳一　〇三十一

図12　「仮字の事」ア～キの部分。

『古事記伝』一之巻——総論

例への言及がずっとおなじようにあります。

それがどれだけ正確なのかという検証を、安田尚道「『古事記伝』の「仮字の事」に引かれた『古事記』の用例」(『青山語文』三九号、二〇〇九年)がこころみています。そして、たとえば、キにかんして、「貴字は、神名阿遅志貴のみなり、(歌にも此字を書り、)」というのは、「阿治志貴」とする例が見落とされている等、問題も指摘されました。たしかにそれらは不正確だといえそうですが、アヂシキなどはおなじ神名のキの仮名のことだとして許容できるでしょうし、全体として正確であることが確認されたといえます。

『古事記伝』のこのような記述は、手元にくわしい索引がなければできないのではないかと、安田はいいます。「此記に用ひたる仮字のかぎりを左にあぐ」といい、「たゞ一あるのみなり」のごとくに断言できるのは、書き抜きのメモの如きではなく、仮名についての総索引があってのことだと、その指摘は納得されます。

つまり、『古事記伝』を書く段階で、宣長はそれだけの準備をしていたのだということです。まさに周到です。

仮名の使い分け

そのなかで、仮名の使い分けについても指摘していたことを忘れることはできません。「其言に随ひて、用る仮字異にして、各定まれること多くあり」(二九)と、ことばによって仮名が使い分けられていることを具体例をあげて指摘するのです。その挙例は、其例をいはば、コの仮字には、普く許古二字を用ひたる中に、子には古字をのみ書て、許字を書ることなく、（彦壮士などのコも同じ、）メの仮字には、普く米売二字を用ひたる中に、女には売字をのみ書て、米字を書ることなく、（姫処女などのメも同じ、）〔二九〕

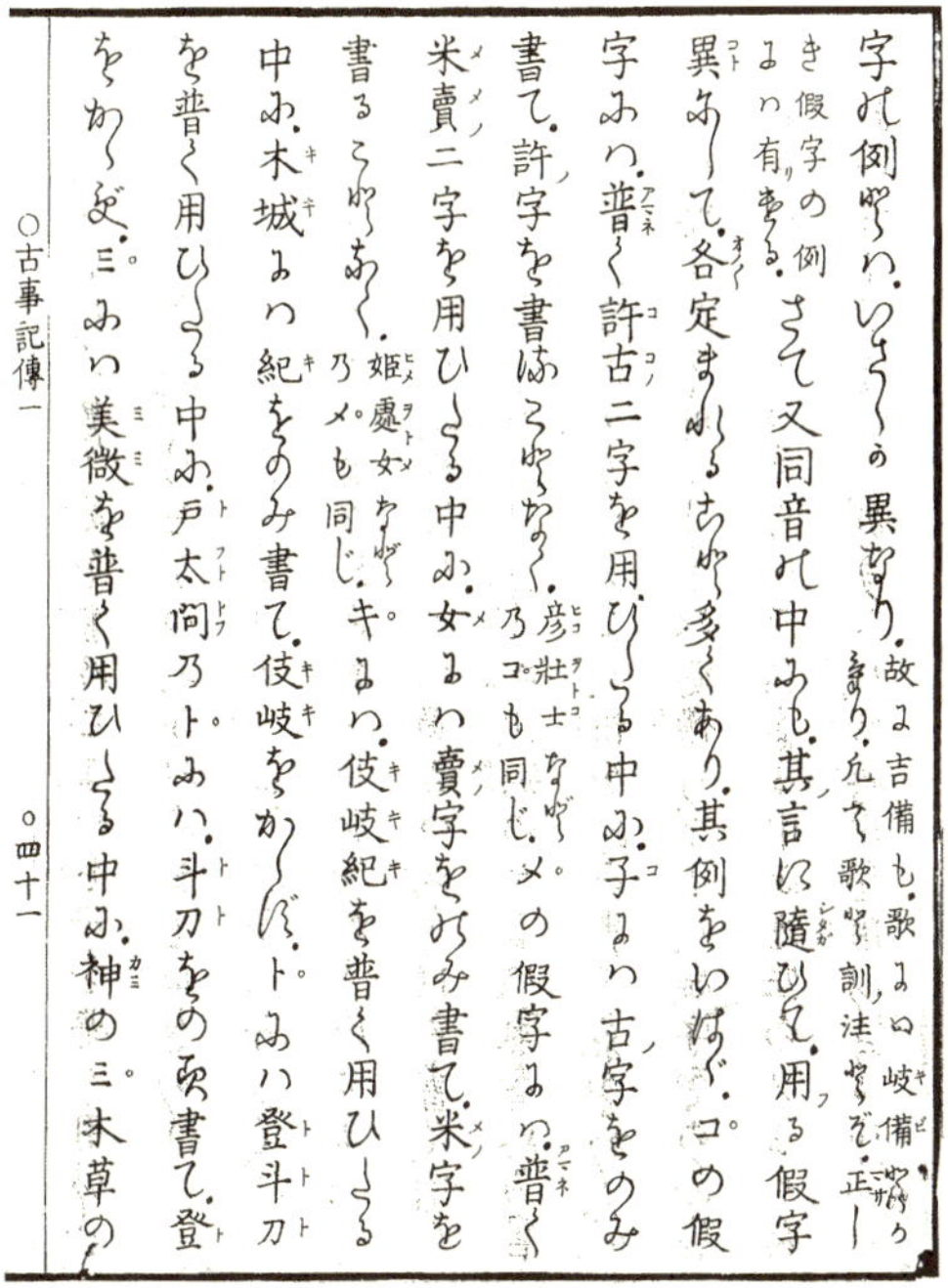
字の例どもは、いさゝかの異なり。（故は吉備も、歌には岐備とかけり。凡て歌と訓注とぞ、正しき假字の例には有ける。）さて又同音の中にも、其言に随ひて、用る假字異《コト》にして、各《オノ》定まれることども多くあり。其例をいはゞ、コの假字には、普《アマネ》く許古二字を用ひたる中に、子には古字をのみ書て、許字を書ることなく、（彦壮士などのコも同じ。）メの假字には、普《アマネ》く米賣二字を用ひたる中に、女には賣字をのみ書て、米字を書ることなく、（姫處女などのメも同じ。）キには、伎岐紀を普く用ひたる中に、木城には紀をのみ書て、伎岐をかゝず。トには、登斗刀を普く用ひたる中に、戸太問乃トには、斗刀をのみ書て、登をかゝず。ミには、美微を普く用ひたる中に、神のミ木草の

○古事記傳一　○四十一

図13　二行目「さて」以下に仮名の使い分けについて述べます。

というかたちで、以下、キ、ト、ミ、モ、ヒ、ビ、ケ、ギ、ソ、ヨ、ノ（宣長はヌとしますが、正し

くはノです）についても、同様に述べてゆきます。そして、「書紀万葉などの仮字にも、此定まりほのぼの見えたれど」と、この使い分けは『古事記』だけの問題ではないことも示唆します。

後に石塚龍麿『仮名遣奥山路』によって精緻化され、橋本進吉の「上代特殊仮名遣」説として完成されたものの原型といえます。これも、索引をつくった結果として得たものでしょう。

文字には拘らないで古語をもとめるべきこと

さて、第八節は、第六節と相応じています。「漢文」で書かれたものについて、「古語」をもとめるべきだとしたこと（第六節）に応じて、その実際的な問題を原則的に述べるのが、第八節です。

第一章でふれましたが（本書一九〜二二ページ）、稗田阿礼の役割は、「語のふりを、此間の古語にかへして、口に唱」えることにあったのだということにあらためて注意しましょう。『古事記』を読むことは、その「古語」を漢字の覆いをとってあらわしだすことだというのです。それは、

> 殊に字には拘はるまじく、たゞ其意を得て、其事のさまに随ひて、かなふべき古言を思ひ求めて訓べし、〔三二八〕

ということにつきます。「文字は、後に当たる仮の物」〔三三二〕だからこだわるべきではないのです。字にこだわらず、こころをとらえ、ことがらにしたがって、適合するふさわしい古語を求めるのだと、こころ・こと・ことばの一致をめざすテーゼはきわめて明快です。

そして、実際、字には拘らないという場面には数えられないほどくりかえしであうことになります。冒頭の「天地初発之時、於高天原成神名」の「成」をナリマセルと読むところからしてそうでした。ナルということばには三つの意味がある（生成、変化、完成という区別をいいます）といって、

> 此三の差《ケヂメ》によりて、漢字は生成変化などと異《カハリ》あれども、皇国の古書には、訓の同じきをば通用ひて、字にはさしもかゝはらざること多し、此《ココ》の成《ナリマス》も、成字の意といさゝか異にして、書紀に所生神とある字の意なり、〔一二四〕

とあります。ナルは、文字にかかわらず理解するべきものがおおく、ここも「成」の字の意味でなく、「生」の意だといいます。

この原則は実践の場につらぬかれてゆくものでした。

使用頻度の高い文字（助字の類）の訓みの原則的方針と実践

その原則のもとで、テニヲハや、仮名の清濁などにも注意が必要だといいつつ、「助字」の類について、いかに読むべきかを示すくだり〔三九～四八〕は、仮名の挙例同様、じつに詳細でていねいです（取り上げられたものは、見出しを数えれば六六項になります）。

「之」「者」「於」「故」等、きわめて使用頻度のたかく、句や文の切れ目、つなぎをになう字は、原則の問題として考えなければ混乱をきたしてしまいます。「助字のたぐひ、又其余も、常に出る字ど

もをも、此彼集め出して、訓べきさまをあげつらふ」（三九）助字の類や、その他常用の字も、あれこれ集めてどう訓むべきかを述べる。）というのは、そのことを承知して、原則として方針を明確にしておき、場あたり的にならないようにするということです。それは当然のことといえます。たとえば、「故」は、語の下にある場合はユヱ・ユヱニ、句頭にくるのはカレと読むといい（四〇）、その原則のもとに読まれてゆきます。

ただ、方針が、実際にどうはたされたかというと、方針と実践とが一致しないことが少なくないのです。明快な原則的言明を見ておくだけではすまないのであって、読みの現場とつきあわせておかねばなりません（以下、小著『漢字テキストとしての古事記』（東京大学出版会、二〇〇七年）の「十「古語」の世界の創出」をもとに述べます）。

次の一覧を見てください。問題とする文字とその用例数をあげ、上段に「訓法の事」で宣長のいうところを掲げ、下段には、それに対して『古事記伝』の実際のよみはどうであったかという数字を示すこととします。

1「欲」三九例

おほくは将字と同じ格に、たゞ牟《ム》と訓べし、欲為力競《チカラクラベセム》などの類なり、書紀欽明御巻に為欲熟喫《コナシハマムトス》、かくも訓り、又淤母布《オモフ》と訓べき処あり、欲罷妣国《ハハノクニニマカラムトオモフ》などの類なり、（四一〜四二）

ム・ムトス二〇（テム・ナム・ナを含む）、オモフ・ムトオモフ（オモホス）一二、マクホシ・マクホリス四、マホシ一、マクホシクオモホス一、不読一ム・ムトスを中心とし、オモフ（ムトオモフ）という訓も考えるというのですが、実際にはそうなっていません。

2「竟・訖」

「竟」八例
袁波理弖《ヲハリテ》又袁閉弖《ヲヘテ》又波弖々《ハテテ》など訓べし、又然訓ては煩はしき処もある、其は捨て読まじきなり、〔四五〕

ヲヘテ・ヲヘズ七、ヲハレバ一、

「訖」一一例
竟字と全同じさまに用ひたり、訓べきさまも同じ、〔四五〕

ヲヘテ・ヲヘツレバ五、ヲハリテ一、不読五、

ヲヘテにかたよっていて、ハテテは一例も見られません。また、「竟」の不読はありません。

3「至」二七例（宣長は分注には訓をつけないので、分注をのぞきます）
おほくはたゞ麻伝《マデ》と訓べし、伊多流麻伝《イタルマデ》と訓べき処は、いと稀なり、〔四五〕

マデ九、イタルマデ七、イタリテ五、ニ三、イデマス・キツル・ニナリヌル各一

イタルマデとよむべきところは稀だというのとは、実際はかけ離れていて、「おほくはたゞ麻伝と訓」んだとは到底いえません。マデ・イタルマデ以外の例も少なくありません。なお、「八拳須至于

心前」とある二例（上巻、中巻・垂仁天皇条）の「至」は、宣長がマデイタルの意であって、イタルマデではないとするのに従って、マデの類に入れました。

4「到」七八例

　常のごと伊多流《イタル》と訓べきもあり、又由久伊伝麻《ユクイデマ》須《ス》など訓べき処もあり、〔四五〕

イタル・イタリマス六一、キマス・キツ・マヰキテ九（クルの類としてまとめた）、ツキテ三、イデマス・イマシテ・ユキ五（ユクの類としてまとめた）

キマシテ・キツル・マヰキテ（クルの類）や、ツキテなど、実際には、イタル・ユク・イデマスから離れた例が少なくありません。

　こうして、かく読むべきだと示したものが実際のよみとしてはあらわれなかったり、示さなかったものがあらわれたりすることは見るとおりです。いっている方針と実際の読みとが違うように見えます。

「語のいきほひに従ふべし」

　任意にいくつか、問題が見やすい例をとりあげたのですが、こう読むべきだといったことと実際のよみとが違う――、それが『古事記伝』の訓の実際であり、原則はあっても、現場ではかなり柔軟だったということができます。

問題は、その柔軟さがどういうものであったかということです。「欲」の項に、こうあることは注意されます。

たゞ牟とのみ訓て宜き処をも、書紀には多くは、淤母布淤煩須《オモフオボス》など訓り、其も意は違ふことなけれども、語のいきほひに従ふべし、右の欲為力競《チカラクラベセム》の如き、世牟登淤母布《セムトオモフ》、また世麻久本理須《セマクホリス》など訓ても、意は同じことなれども、然訓べき処にはあらず、〔四二〕

大意は、

ただムとだけ読んでいいところも、『日本書紀』には多くはオモフ・オボスなどと読む。それでも意味は違わないが、ことばのいきおいに従うべきだ。さきにあげた力競べセムのごときは、セムトオモフやセマクホリスなどと読んでも、意味はおなじことだが、そう読むべきところではない。

となります。

意はおなじでも、「語のいきほひ」にしたがうというのです。ムトオモフなどでなく、ムといういきおいをとるというのは、力競べセムトオモフではいきおいがよわいということでしょうが、直観的な決定といえます。

このことを実際の場面にそくして見ると、火遠理命が海神の宮を訪れて、御殿の入り口のそばの井戸のほとりの木の上にあって、水を汲みにきた婢に水がほしいと乞うところに、「見其婢、乞欲得水」とあります。その「乞欲得水」を、ミヅヲエシメヨトコヒタマフと読んでいます。「欲」はこの読みのなかにはあらわれません。不読一、としたのはこの例です。命令のかたちにしたことについて、『古事記伝』は「――と訓べし」〔10・二四九〕というだけです。

『古事記』の文脈は、火遠理命のこのことばをうけて直ちに婢が水を汲んで器にいれてたてまつったと続きます。この火遠理命のもとめの言を、水ヲ得ムト乞フや、水ヲ得マクホシト乞フではいきおいがないと見たのでしょうか。これも直観的です。

また、「竟字と全同じさまに用ひたり」といわれる「訖」ですが、倭建命が熊曾建を斬ったときのことを「是事白訖、即如熟苽振折而」というのと、因幡の素兎がワニにつかまえられたことを「言竟、即伏最端和邇捕我」というのとは、言ったあとただちに〜する、ということで、文脈としても同じように見えます。しかし、前者は（マヲシ）ヲヘツレバ〔11・一九四〕、後者は（イヒ）ヲハレバ〔9・四二五〕と、違った形で読み分けられます。そう読むことの理由はどちらにも示されません。本文に付されたルビによって知るだけです。これもいきおいということなのでしょう。

第三章で見た、「不良」の読みの決定のしかたもふりかえられます（本書六六〜六九ページ）。ヨカラズ、サガナシ、フサハズの三を「古語」としてあげ、いずれでもありうることを見ながら、「さて右の三をならべて今一度考るに、なほ布佐波受《フサハズ》と訓むぞまさりて聞ゆる」〔一七七〕と決するのでした。最後は「まさりて聞ゆる」と、直観にゆだねられるのです。

「古語」は、直観的な「いきほひ」や「聞」えでえらばれています。主観的直観的に文字のむこうに越え出てしまうということが、現場における柔軟さの本質なのです。「古語」の尊重、などといってすまされるものではないのです。文字に拘わらずに読むことは、端的に、あるべき「古語」の世界をつくりだす営みだということができます。『古事記伝』の本質をそこに見るべきです。

あとがき

『古事記』を研究してきた者の責任として、思想史研究者や評論家にゆだねるのでなく、『古事記伝』をまっとうに読むこと（そうでないことに対する憤りもこめてこういいます）をはたしたいというのが、本書の出発点です。『古事記伝』がたちあらわすものを「読む」ことに徹して、宣長の説を論《あげつら》うことはせず、「述べて作らず」であろうとしたつもりです（ただ、それではお前はどうなのかと問われるところでは、あえて私見をいうこともしました）。『古事記伝』がつくる「古事記」とあいわたることによって、わたし自身の『古事記』理解をふりかえらされつつ、この一冊をまとめました。いたりついたところ、まだ十之巻にすぎません。『古事記伝』四十四巻を「読む」ことを仕上げるには、全四冊となる予定です。道はなお先が長いのですが、その第一冊を、東京大学を定年退職する春に刊行することができました。わたしにとって、うれしい記念となりました。

この本の企画に誘導し、ここにいたらせてくれた編集担当の上田哲之さんにふかく感謝します。

二〇一〇年一月

神野志　隆光

本居宣長《もとおりのりなが》『古事記伝《こじきでん》』を読《よ》む　Ⅰ

二〇一〇年三月一〇日第一刷発行　二〇二一年九月一四日第五刷発行

著者　神《こう》野《の》志《し》隆光《たかみつ》

発行者　鈴木章一

発行所　株式会社講談社

東京都文京区音羽二丁目一二―二一　郵便番号一一二―八〇〇一

電話（編集）〇三―三九四五―四九六三　（販売）〇三―五三九五―四四一五

（業務）〇三―五三九五―三六一五

装幀者　山岸義明　本文データ制作　講談社デジタル製作

印刷所　株式会社新藤慶昌堂　製本所　大口製本印刷株式会社

定価はカバーに表示してあります。

ISBN978-4-06-258461-6　Printed in Japan

N.D.C.121.52　222p　19cm

講談社選書メチエ　刊行の辞

書物からまったく離れて生きるのはむずかしいことです。百年ばかり昔、アンドレ・ジッドは自分にむかって「すべての書物を捨てるべし」と命じながら、パリからアフリカへ旅立ちました。旅の荷は軽くなかったようです。ひそかに書物をたずさえていたからでした。ジッドのように意地を張らず、書物とともに世界を旅して、いらなくなったら捨てていけばいいのではないでしょうか。

現代は、星の数ほどにも本の書き手が見あたります。読み手と書き手がこれほど近づきあっている時代はありません。きのうの読者が、一夜あければ著者となって、あらたな読者にめぐりあう。その読者のなかから、またあらたな著者が生まれるのです。この循環の過程で読書の質も変わっていきます。人は書き手になることで熟練の読み手になるものです。

選書メチエはこのような時代にふさわしい書物の刊行をめざしています。

フランス語でメチエは、経験によって身につく技術のことをいいます。道具を駆使しておこなう仕事のことでもあります。また、生活と直接に結びついた専門的な技能を指すこともあります。

いま地球の環境はますます複雑な変化を見せ、予測困難な状況が刻々あらわれています。

そのなかで、読者それぞれの「メチエ」を活かす一助として、本選書が役立つことを願っています。

一九九四年二月　　野間佐和子

KODANSHA